向平凡致敬

忆瞬间况味

汪仲华◎著

Ordinary
Life

上海人民出版社

目　录

众人的口碑 ………………………………………………… 001

父亲的晚年 ………………………………………………… 002

国庆之夜 …………………………………………………… 003

持家的本领 ………………………………………………… 004

兄妹 ………………………………………………………… 005

养育护佑 …………………………………………………… 006

搭搭放放 …………………………………………………… 007

老屋 ………………………………………………………… 008

堂兄和他的"过房娘"老师 ………………………………… 009

庆云先生 …………………………………………………… 010

天有不测风云 ……………………………………………… 012

亲戚 ………………………………………………………… 013

香蕉 ………………………………………………………… 014

杂木箱 ……………………………………………………… 015

气味 ………………………………………………………… 016

好难的换房 ………………………………………………… 017

股票认购证 ………………………………………………… 018

新婚贺词 …………………………………………………… 019

记忆中的电影插曲 ………………………………………… 020

歌声 ……………………………………………………………… 021

三层阁王老师 …………………………………………………… 022

端午节时光的弄堂 ……………………………………………… 023

紫色的喇叭花 …………………………………………………… 024

纳凉 ……………………………………………………………… 025

老邻居 …………………………………………………………… 026

烟杂店人家 ……………………………………………………… 027

收废品的人 ……………………………………………………… 028

家门口的路 ……………………………………………………… 029

大队辅导员 ……………………………………………………… 030

有内涵的汪老师 ………………………………………………… 031

倪老师 …………………………………………………………… 032

单老师当过兵 …………………………………………………… 033

八十老师舞翩跹 ………………………………………………… 034

记忆中的学农 …………………………………………………… 035

连夜从松江走回家 ……………………………………………… 036

二机床 …………………………………………………………… 037

惊人的"小道" ………………………………………………… 038

心灵手巧 ……………………………………………… 039

黄芝芝 ……………………………………………… 040

老相 ………………………………………………… 041

去农场的当天 ……………………………………… 042

靠谱 ………………………………………………… 043

柠檬茶与可口可乐 ………………………………… 044

调适 ………………………………………………… 045

"业大"四年 ………………………………………… 046

同学建国 …………………………………………… 047

能人赵 ……………………………………………… 048

银行家 ……………………………………………… 049

王姐 ………………………………………………… 050

蒋老师 ……………………………………………… 051

同学康 ……………………………………………… 052

广阔天地 …………………………………………… 053

移苗补缺 …………………………………………… 054

紧张的"双抢" …………………………………… 055

拷浜 ………………………………………………… 056

农场"拼爹" ·· 057

"外国礼拜" ·· 058

调解 ·· 059

上调 ·· 060

骤起的哭声 ·· 061

一块砖 ·· 062

在营部的那段时光 ·· 063

饭堂在马路对面 ·· 064

定干 ·· 065

参加市委工作队 ·· 066

一本书的遭遇 ·· 067

"姜牛皮" ·· 068

电影故事 ·· 069

通讯员学习班 ·· 070

阿德 ·· 071

老朱 ·· 072

冬泳 ·· 073

场部的几位朋友 ·· 074

诗人陈晏 ·· 075

杨书记 ·· 076

襄蛋 ·· 077

一黑板 ·· 078

加饭去 ·· 079

酒酿 ·· 080

当年的美味 ·· 081

吃一只鸡 ·· 082

面疙瘩 ·· 083

吵架 ·· 084

硬币 ·· 085

验血 ·· 086

公祭 ·· 087

溺婴 ·· 088

踏空 ·· 089

军装 ·· 090

学习材料 ·· 091

洋风炉 ·· 092

扩音设备 ·· 093

去农场十年后的当天 ·· 094

顶替返城 ………………………………………………… 095

自学 …………………………………………………… 096

文凭 …………………………………………………… 097

改革典型 ………………………………………………… 098

打磨 …………………………………………………… 099

荐书 …………………………………………………… 100

老林 …………………………………………………… 101

"旺旺" ………………………………………………… 102

接值班电话 ……………………………………………… 103

"木桃" ………………………………………………… 104

嗜睡 …………………………………………………… 105

在商报 ………………………………………………… 106

香港回归 ………………………………………………… 107

马陆葡萄 ………………………………………………… 108

洛阳牡丹 ………………………………………………… 109

"华疗" ………………………………………………… 111

地震时在三十五楼 ……………………………………… 112

调单位的奥秘 …………………………………………… 113

顾阿姨 ………………………………………………… 114

老任师傅 ·································· 115

讲原则的赵兄 ··························· 116

博学的领导 ···························· 117

侦察员老马 ···························· 118

老薛 ································· 119

面孔 ································· 120

大姐记者 ······························ 121

读书成为家风 ··························· 122

读书的意义和作用 ························ 123

读书方法 ······························ 125

从厚到薄 ······························ 126

成功需要学习 ··························· 127

书之味 ································ 128

小书摊和它的主人 ························ 129

邬兄 ································· 130

后援 ································· 131

抄本在否 ······························ 132

中华活页文选 ··························· 133

抄了两遍《唐宋名家词选》 ·································· 134

《全宋诗》 ··· 135

《文学论稿》 ·· 136

感悟与启迪 ·· 137

充满睿智的家乡语言 ··· 138

崇明"说话" ··· 140

集词 ··· 141

说云 ··· 143

说说统筹法 ·· 144

腹有诗书气自华 ··· 145

《基督山恩仇记》 ··· 146

《飓风营救》引起的联想 ·· 147

韩信与萧何 ·· 149

萧绎焚书 ·· 150

感知诗词 ·· 151

乐事 ··· 152

背诗 ··· 153

诗词中的雨滋味 ··· 154

久视则熟字不识 ··· 155

品味 ·· 156

书宜多读 ·· 157

明面下的深意 ···································· 158

作家缘 ·· 160

书房 ·· 161

朋友 ·· 162

相望相思不相见 ·································· 163

相处 ·· 164

交友之道 ·· 165

走散 ·· 167

聚会 ·· 168

不能计较 ·· 169

没有下文的约聚 ·································· 171

衰暮思故友 ······································ 172

劝酒的本事 ······································ 173

"菜鸟"级的茶酒水平 ······················· 174

工具箱 ·· 175

爱惜羽毛 ·· 176

实在的王总 ······ 177

志明 ······ 178

老友 ······ 179

索字 ······ 180

"马上来大钱" ······ 181

青草沙 ······ 182

震撼 ······ 184

什么是时间 ······ 185

一寸光阴一寸金 ······ 187

新的人生三宝 ······ 188

四十而不惑 ······ 189

目标 ······ 190

关键词 ······ 191

人生 ······ 192

处置和放下 ······ 193

修身与立德 ······ 194

做人 ······ 196

"讲" ······ 197

冥想和放空 ······ 198

度与势 …………………………………………………… 199

感恩 ……………………………………………………… 200

谈孝 ……………………………………………………… 201

制怒 ……………………………………………………… 202

代沟 ……………………………………………………… 204

幸福谈 …………………………………………………… 206

却贫 ……………………………………………………… 207

比什么，怎么比 ………………………………………… 208

回不去了 ………………………………………………… 209

寻找 ……………………………………………………… 210

逼仄 ……………………………………………………… 211

物价之演变 ……………………………………………… 212

身边的钱 ………………………………………………… 214

借钱送钱 ………………………………………………… 215

钱管不管用 ……………………………………………… 216

船 ………………………………………………………… 217

克服"本领恐慌" ………………………………………… 218

退休设想 ………………………………………………… 219

似曾相识 ………………………………………………… 220

口罩 ……………………………………………… 221

老去 ……………………………………………… 222

慢下来 …………………………………………… 223

教养与为人 ……………………………………… 224

驱逐烦恼 ………………………………………… 225

埋怨 ……………………………………………… 226

眼光向着实际 …………………………………… 228

心态 ……………………………………………… 229

等待 ……………………………………………… 230

远来的和尚好念经 ……………………………… 231

莫欺少年穷 ……………………………………… 232

忌好为人师 ……………………………………… 234

大实话 …………………………………………… 235

渔舟唱晚 ………………………………………… 236

黄金率 …………………………………………… 237

处闲 ……………………………………………… 238

养生 ……………………………………………… 239

有所思 …………………………………………… 240

后记 ……………………………………………… 242

前　言

　　何为瞬间？它代表时间,指谓极其短暂的一个时间段,就那么一眨眼(眼珠儿一动),所以也叫转瞬之间。这种时间之短的表述还有:瞬息(一眨眼、一呼吸之间);瞬时(一瞬之间);刹那(也称一念、须臾,一刹那亦为一瞬间),是佛教用于表示时间的最小、最短单位;弹指(所谓用手指弹一下、拨弄一下以示迅疾之状,弹指之间,弹指光阴);还有如霎时、一晃、俄顷等等,均言时间之短暂。

　　什么是时间？有说时间是由人所发明,宇宙大爆炸之前没有时间。从日晷到沙漏到钟表,从发现到度量到计算,时间也就成为运动的数,实现了划一,承载了效率,赋予了价值。有人说时间是物质的运动和能量的传递;有人说时间是一个较为抽象的概念,是物质运动变化的、持续性、顺序性的表现;有人说时间是物质存在的一种客观形式,由过去、现在、将来构成;有人说时间是对变化的度量,世界在变,时间是客观存在;有人说时间表达了物体的生灭排序,是事物连续变化的说明。

　　时间的重要性不言而喻,对于我们每个人来说,它其实就是人的生命的外在体现,刻度着人生;它既是人最基础、最根本的资源,也是人最丰富、最管用的财富。当读到美国著名心理学家菲力普·津巴多"人的生命本质上是一段时间"的话,看到阿根廷著名学者路易斯·博尔赫斯的论述:"在大部分时间里,我们并不存在;在某些时间,有你而没有我;在另一些时间,有我而没有你;再有些时间里,你我都存在";令人震撼,时间、人生就这样叫人敬畏！

　　时间对任何人都一样,无论圣贤哲人,还是芸芸众生;无论追求、探索,还是安逸、放弃,都是对待时间的态度。应该积极进取,珍惜时间,要事为先,记录时间,克服拖沓,化零为整,做时间的主人。按照"四象限法",可以把工作或事情依照重要、紧急的不同分成四个"象限":既紧急又重要,重要但不紧急,紧急但不重要,既不紧急也不重要;进而采取不同的处理原则和方法。或优先考虑即刻办,或未雨绸缪有准备,或统筹兼顾巧安排,或基本忽略偶为之,达到管理好时间的目的。切记人的发展、成功在于善用时间，尤其在使用属于自己的闲暇时间方面。"可以自由支配的时间，也就是真正的财富；这种时间不被直接生产劳动所吸收，而是用在娱乐和休息，从而为自由活动和发展开辟了广阔天地……自由时间，可以支配的时间，就是财富本身。"（马克思）

人生不易，需要定盘、定力。即便是一个平凡的人，也需要方向、计划、目标；目标定义了我们的渴望和期许。目标可以是我们的初心、初衷，也可以是发展的基石、阶段性台阶，目标越清晰，成就越显著。在一定的时间里，努力做成一件事或达到一定的目的，根据需要和可能，按照计划、步骤，有重点，讲效率，运用已有条件，变压力为动力，发挥和挖掘潜力、潜能，改变或创造新的条件，达成目标之后向着新的、下一个目标进发。没有行动的决心、没有行动的落实，就与目标无关。目标大而无当，空中楼阁，没有基础，缺少可行性，也容易使人泄气、消沉；明确了真切实在的目标，就要为实现目标而奋斗，努力奋斗！

珍惜机遇。客观上每个人或差不多水准、起点的人在机遇面前是公平的。机遇本身有着偶然性、时效性和共享性（主客观条件悬殊者例外）；它属于那些有准备或时刻准备着的人，无论在稍纵即逝的那一刻，还是在长长久久的寻觅之中。"英雄莫问出处"，脚踏实地，埋头苦干，渴望成功，不断进步，才能真正得到和把握机遇，才会获得幸运之神的青睐和赏赐。

用好资源。除了时间这个人生最大、最根本的资源外，还要重视使用和开发智慧以及人际关系。人的一生少不了努力、学习、借鉴和启迪；但关键要有"辨析判断，发明创造的能力""对事物的迅速、灵活、正确理解和解决能力"，这就是智慧。它包括：知识、记忆、理解、逻辑、分析、判断、情感、包容、决定；体现为处理人、自然、社会、命运、信仰等多者之间多元关系的复杂体验、总结；总体代表了人的聪明才智及综合素质、能力。人际关系的作用非同小可。所谓的人际关系是指人们在生产和生活过程中彼此交往而建立和发展的一种社会关系。建立关系，形成同盟，互为奥援，恐怕是人们在交往中的共同心愿。戴尔·卡耐基甚至认为：一个人的成功其中15％是由于自己的专业知识，而成功的85％取决于人际关系。当然他强调的是为人处事应世的极端重要性。然而在个人寻求满足其社会需求的时候，首先要考虑的是你能为别人做些什么，而不是要求或希望别人为你做些什么，推己及人，当以善意善心善行处理与外界、他人的关系，帮人助人在先，帮人就是帮自己。同时要知晓"曾经帮过你一次忙的人会比那些你帮助过的人更愿意再帮你一次忙"（本杰明·富兰克林）的奥秘,乐意开口、并接受"非亲密朋友的出手相助"。人们往往尊称对自己有很大帮助的人为贵人,"自助者,天助之",阳光开朗、积极乐观的人容易赢得他人的关注、关心,得到贵人的相助、帮忙,事半功倍,逢凶化吉,平步青云,让幸福来得更快,也可以使自己少奋斗若干载;当然作为当事者的本人,要真心诚意知恩感恩,有所回报。

保持好心态。心态反映了个体在一定环境条件下的各种心理活动的复杂表现,它是心理过程(具有不断变化、暂时性特征)和个性心理特征(具有稳固性)的中间体,是两者的统一表现。良好、乐观向上有进取心的心理状态胜过智慧。但凡一个人切实按照诚信、付出、敬业;合作、共享、双赢去做,直面压力,战胜恐惧,克服种种负面、消极的情绪,才能成为一个真正的人,不断前行。

平凡是人生的常态,永远是生命(生活)的主流。大多数的人与大雄大奸、出类拔萃、臭名昭著无关;但总会遭遇甜酸苦辣、劳乏困顿,即便如此,日子也要过下去。持一颗平常心,自在、自信、愉快、从容,遇好事适可而止,遇坏事多往好处想,把平凡的事情做好,把平凡的日子过好。吃饭睡觉、做事为人,心平行直,顺其自然。既尽力而为,又不苛求诸事完美;不玩玄机,不怨天尤人,不太累,太装,不攀比,不自卑;随事随缘,简单质朴就好。平凡寓于平淡,而平淡是平凡的底色、支撑;于平淡中寻至味,在安逸中品生动,于恬静冲淡中领略真、善、美。

人的一生,无论日常生活、事业职场,还是人际与社会,都需要好心情。不要有太多的压力、郁闷、沮丧、悲伤、愤怒;不要把自己看得太重太高太满,怀才不遇、所遇不公;面对不如意、坎坷,甚至横厄,改变态度、改变自己、改变生活,去争取、珍惜、忘记,失败了重来,太过勉强,不如放下。

时间与人生密不可分,既玄妙又实在。不虚掷光阴,如晋代陶渊明说的"盛年不再来,一日难再晨。及时当勉励,岁月不待人"那样。人生可以多姿多彩,可以平平淡淡,或奋发有为,或安时处顺;但不管时、位如何,都不要委屈自己、为难自己,知进懂退,善于释怀,做可以做的事,做适宜的事,如果自己觉得行,就行;如果自己觉得不行,那就不行(不干);过踏实的日子,在不同的时间段品味和享受不尽相同的滋味、感悟。

内容提要

"人的生命本质上是一段时间。"([美]菲力普·津巴多)

"在大部分时间里,我们并不存在;在某些时间,有你而没有我;在另一些时间,有我而没有你;再有些时间里,你我都存在。"([阿根廷]路易斯·博尔赫斯)

时间与人生令人震撼、敬畏。无论圣贤达官贵人、还是布衣草莽百姓,在时间面前都一样,时间刻度了人生。作者从父母家人、求学读书、事业职场、师长贵人、生活趣味、人生感悟诸方面,撷取片断、瞬间,着眼小且细之处,叙事回味,睹物思人,通过忆、悟、感、怀,展现了平凡平淡的生活场景,反映了不同时段的心态、追求,以及简单质朴的况味、情怀。

人的一生,可以夸耀、可以追悔,但不必如此。无论几多辉煌,到后来终将归于平淡。在择业谋生、奋斗进取的同时,总归还是持平常心、做平凡人、过平实日子为要!

众人的口碑

　　父亲是有智慧的人,能断文识字,基本靠的自学,解放后还读过工农速成中学之类的,那厚厚的一本课文书曾经在我们兄弟中传递遍读。

　　父亲连我爷爷都没见到,奶奶去世也早,靠着大伯、姑姑们扶持,一心要强,吃了许多苦。十三岁离开绍兴老家去了杭州做学徒,好像是在一个丝织厂。尽管一天紧张地工作下来耗费不少精力,可因为年轻,他总像有用不完的力气,便跟人学习罗汉拳之类的。在一帮相仿佛的年轻人中他也说得上话。江南地方上向有鬼魅之说,一次他很好处理了厂里一个长期流传的传说,厂方、同事、当事人均给以认可。有的同事,几十年后还在走动。

　　以后父亲到了上海,几经变迁,靠着勤勉、智慧,虽没有大起大落,但也撑起了一个养育了七个孩子的大家庭。他能仗义执言,秉公处事,干活在前,解放初就获得陈毅市长签发的先进奖状;在周围、单位赢得好的口碑:"老娘舅"。

　　经常有人到家、经常有人相请,说东道西,讨教请益,父亲均善言、宽容相待,说得最多的几句话:不要争多论少;退一步,缺了点啥否? 彼时的当事人如何如今也记不得了,但此番语言对我们兄妹却是影响、印象深刻,可以说裨益一生。

父亲的晚年

我于 20 世纪 70 年代末按政策"顶替"*父亲回到上海,当时父亲已 68 岁,尚在工作。我因农场"定干",也没在恢复高考时去考大学,于是只能走"顶替"的路。当时有一位熟悉的领导,也是大哥级的人物说了句令我感慨不已的话:68 岁的父亲让你来"顶替",太不容易了!

父亲一生劳作,十分不易,我们兄妹感恩在怀,尽心尽力照顾他的晚年,都着实希望父亲健康、长寿。我们兄妹都有了工作、相继成家,有了后代;虽然都是工薪阶层,但生活还过得去。辛苦了一辈子的父亲,桑榆晚景,理应轻松愉快地多多享受;在我们的劝慰下,父亲开始跑起公园,打起太极拳、八段锦什么的,少时练过的罗汉拳则不见他再打过。尤其在子女都有一定的发展(我担任了区饮食公司的党委书记,他非常高兴,尽管有别人的赞扬、迎合,老同事也有找上门来的,他却从不参与到我的工作中来)时,他心情、精神分外好。兄妹们晨昏奉伺、关心饮食起居、安排外出访旧等等,让他过上一段舒心的日子,在旁人羡慕的眼光中不改常态,气闲心静,看看书、聊聊天,喝点小酒。

有些时候他也会念及爷爷(情况应该是听奶奶、大伯说的)、奶奶、大伯及大伯的二个儿子及后辈。晚年的日子尽管舒心却因为患病,辞世时仅享年七十八岁。本有好多可以为他奉上的安排或服侍,他却无法享用了。念此每每平添些许惆怅。

---

* 指子女顶替就业制度。

国庆之夜

印象中父亲带着我们外出游玩的机会很少，他也不是不懂休息或没有情趣的人，退休后每天都会去人民公园散步、进行体育锻炼。那时我们住在成都北路，这是一条南北向的马路，靠我们家门口一段，路的东边是黄浦区，路的西边是静安区，一路携两区，从家中去人民公园很近。那次外出是国庆放假期间，晚上灯光灿烂，是那种用电线串起来的灯泡，五颜六色挂在店门的上端和两侧，和着在秋风中微微晃动的灯笼、小彩旗，一派喜庆的氛围。尽管这与以后的彩灯大有区别，但在当时总归是节日的装饰、点缀，属于标配。我们兄妹几个由父亲带着，陪着乡下来的亲戚在南京路上由西向东走，人头济济，走走停停。在人民公园附近的一家水果店门口，因人多有点拥挤而停顿下来。说来那时水果要比现在少，也不便宜（相对收入而言），但是香，秋天又是水果旺季，苹果、梨、葡萄、香蕉、柿子等等在灯光下分外诱人。

几十年过去了，生产、生活的变化太大，物质丰富，水果品种又多又好，水果摊、店四处都有。过去从新疆运来的葡萄，有的上海也能生产了。我好像也不喜欢吃葡萄，难洗、剥不了皮，一起嚼，味道会串，还有籽，即便时令也少吃。

持家的本领

母亲是个有主张的人，亦有毅力，随同父亲一心操持维护大家庭，负责众多乡下亲戚的来往，家中收入却不多，其中的辛酸劳苦非当事人、当时人难以体会。

凡事先预想预走一步，过日子先尽己力再寻奥援；不卑不亢，高人不抑己。每月、每年、每个学期的安排真真犯难，不是一般难；克难化难，变难为小难为不难，平静淡然把日子过下去，这就是本事。当年的这种临难、处难、化难，就今天的状况来说，包括子女、孙辈的发展、发达，实属不易！

有人说过家中的长辈可以将咸菜做成美味佳肴，而我们子女觉得母亲的本领要超过此类。眼前常常出现在狭小的住房里（没有厨房）的一角烧着荠菜肉丝豆腐羹、胡葱煎豆腐、蒸菜馒头、煎草头饼等等的情景，香味仿佛依然在鼻尖口中。眼前常常出现她在炉上的铝面盆里将白布染成蓝（黑）布，再去做成衣裤、就着灯光扎纳鞋底、补缝粗线长袜的布袜底等等的情景。眼前常常出现，兄妹们分坐在八仙桌、箱柜旁及就着方凳认真做功课的情景，母亲不怎么识字，但会察言辨色，谁的功课也马虎不得。尽管家中狭窄，再热的天也不放我们端着饭碗在弄堂里游走着吃饭；往往将一个木质的大浴盆倒置作为一个大圆桌，我们就地坐着一起用餐，没有风扇，只有蒲扇。

对于有过帮助的人，母亲念念不忘，对于当时不怎么友好的人，母亲虽有说及但不苛责人家。人的路、人生，总归有好有坏，太计较了也不是好事，会坏了自己的心情。所以有定力的人，也能看开、释怀、宽怀。

弟弟有次让侄女伴随年近九十的母亲，伴谈并记录她的生平、经历、感想，好像也做了一些，但没有做完。也许时代变迁的缘故吧，老话老事也没有什么吸引力了。

兄　　妹

　　兄妹七人之间，大哥、二哥和我三个所就读的小学不同，记忆中小时候一起玩或同路上学的印象几乎没有。回想起来，原因有那么几个：读书了，新鲜；除了上课，多下来的时间泡在与同学的玩耍中了；家中地方狭窄，弟妹多，转不开；那时父母也不像现在这样管着孩子，放学了多会去"小小组"，去"少年之家"，去做好事，到工厂搀扶盲人回家，并帮助他搞点卫生等等。

　　与大弟年龄相差二岁不到，又在一个小学，放了学在弄堂里一起玩的时间相对就多了，操弄竹竿，削一把竹头或木头的大刀，在马路上比比划划、你来我往地"练武"；或穿行在马路上、你逃我追抓住为赢，玩"逃江赛"；或在弄堂里抬着一脚"斗鸡"。其他几个弟、妹又差了好几岁，所以由母亲带着、管着，最多临时看顾一下，帮助做点力所能及的家务。我十七岁去崇明农场的时候，最小的妹妹刚九岁。

　　说相互影响，好像也不明显，大家都有自己的同学、玩伴、小圈子；但归结到底，是得益于家教、家风的关系，再加上每个人的禀赋、个性亦可以，所以成年之后，尽管又遭遇了大的社会变动，兄妹七人中有银行干部、医生、科研人员、学者、公务员，没有一个人下岗。只是多为按部就班者，许多发财机会从身边溜走了。

　　大家庭中氛围也很好；只是提及小时候的事，共同的回忆却不多。

养育护佑

我们兄妹七人,承父母养育护佑,诸事平稳;虽然比上不足,但比下尚可,没有大富大贵,也没有劳乏困顿。也许是努力,也许是机遇,也许是心态的关系、问题,"常将不如我者,巧自宽解"(张恨水),安心安逸。

有亲戚实诚,数度言及:"你们一家真的不错,兄妹七人没有一个下岗。"仔细想来,也真是这么回事;都是20世纪五六十年代生人,遭遇剧烈的社会变革、变动,居然稳稳当当熬到退休,而且工作岗位、环境过得去。

母亲有过一句"狠话":"我的孩子都要穿皮鞋。"说这句话的时候正值家境艰苦之际,脚下基本都是自制布鞋,难得有白跑鞋、球鞋"武装";不过不知道为何有此说,又针对何人何事而说。这当然是指家中的子女都要有好的发展,以皮鞋借喻生活好转、优渥。

我们兄妹七人各自从事着不同的工作。大哥原是一家厂的办公室主任;又去了银行工作,担任中层干部,熟悉业务并经常在报刊上发表关于购房、贷款方面的文章,成为朋友之间购房置产的咨询师。二哥成为医生,专攻放射学科,心无旁骛;退而不休,近70岁了还在上班,他是老邻居们的贴心人、"御用"医生。老四入职科研院所后没有变动过,从事实验工作一丝不苟,从小员工做到高级工程师,时有出差;作为骨干,曾去浩瀚的海洋中的钻井平台出任务。老六以自己的勤奋、钻研成为书业、出版业方面的资深、权威级人士;当过总编、主编,著述颇丰,还是多年来上海书展的主要筹划、承办人之一。两个妹妹行当可以:银行、烟草,平时工作努力,业务熟悉,手头活计拿得出,所以不徐不疾,日子过得充实。

兄妹七人相继成家,陆续退休,经常有聚,去母亲处为多。各自家庭经济上过得去,住房宽敞,户均二、三处住房,而且均在市区,彼此相近。在培养子女方面,无论学历、工种、岗位、薪酬都具胜过上辈之状,这些令母亲很宽慰。

所以听到亲戚的褒扬,母亲亦很自豪。

搭搭放放

当初家中人多，房子又不大，逼着你想方设法在"螺蛳壳"里做道场，搭搭放放，尽可能利用有限的空间，在床的上方（靠头部一端）的空间，置上三两块铺板（搁板）分层，安放些书籍、纸盒；在床的另一端向前移出，放上一块木板，搁箱子，下面仍有利用，放米桶或其他。八仙桌台面底下约摸一尺八寸处用绳索系在木档（桌腿）上，结成有半个桌子大的网兜；大橱顶上以及放马桶的狭小角落上面搭一个分成三档的小木橱，简单却实用，放置各种小物件。

在窗外朝东南的部位，搭了一个一平方米左右的木架，上面放些花盆、鬖缸，种些花韭及葱，下面则放些有需要但一时用不上或者以后也不会用上只是一时舍不得扔掉的东西，因为潮湿（此窗外也有水沟），所以有一年从小蝌蚪长成的一只青蛙就以那里为据点，时常欢快地跳进跳出，在窗外的西边置放着一只桶，里面置放可以出卖的废品，如肉骨头、破碎布等。

搭搭放放还有一些，如电表下、三层阁顶端……可以说物尽其用，但没有凌乱之感。

最具规模的是在灶披间（住人）用粗钢管架起了一张床。实在没办法，我同学张兄帮助找来了一根五米开外直径在四五厘米的旧钢管，锯开后一头搁在门框上方，一头塞入墙壁，铺上床板，加以固定便成了一张床，用竹梯来上下，不用时竹梯另外靠边放不影响下面空间的使用。这种别开生面的"躲进小楼成一统"的时光由我二哥享用。现在想来有点创意，也属被逼出来的。在当时邻居们也大为感叹，认为不失为一个好办法。

其实那些年，搭搭放放不仅在平常人家家中常见，在整个上海的住房政策中也成为一个一时颇有成效的政策，通过搭搭放放"增加"住房面积，暂时纾解居住困难，成为经验、成为方向，电视台也作了专门、连续的报道。联系以后的"拆违"，许多很好的、成规模的建筑都被干掉的情形，真有点此一时彼一时的感受。可以这样说，搭搭放放是需要，大规模拆违也是需要。

老　屋

树大分权，人大分家。虽然有了自己的窝，在心中仍然把父母的老屋当作自己的家。母亲健在，于是隔三岔五走上一遭。有时还约上几个兄弟一起在老屋碰头，商量事情；一些老朋友、老同学则熟门熟路，要找人也径直往老屋去。

老屋留给我的回忆是亲切、温馨的。小时候当我们兄弟趴在地板上，屁股撅得高高地打棋子、弹子时，把手擎过头顶靠在墙面上飞香烟牌子时，八平方米的房间（还放有家具）竟一点也不觉得小。老屋的地板缝道是疏疏的，一不小心就会有东西漏到隔层中去，于是用长尺、锯条或粗铅丝之类去拨弄、勾连；没有效果的话，就把木板撬起来，取出东西后照原样钉上。

中学毕业后去了农场，虽然领导上和自己都说以农场为家，可心里还是想着老屋。尤其是当雪花从农场草房墙脚的空隙中飘进来，毛巾冻得像做鞋底的硬衬时，当人累得不行或头疼脑热时，这种思念之情更为强烈。返沪探亲小憩，老屋给我一种实在感和安全感，虽然其时眼中的老屋变狭小了，有点旧而且破，但睡在家中就是那么沉、那么香。回城后，工作之余重拾书本，于静静的夜晚，在老屋的灯光下吮吸知识的甘露，感到充实和满足。间或三五好友聚在一道，谈天说地、神侃一气，往往不觉夜已深、只道天未亮。

成都路上要建高架了，老屋在动迁之列。陪着母亲告别了居住多年的老屋，去住新楼新房毕竟是好事。革故鼎新，社会进步，生活质量有了提高。于是老屋以及它留给我的种种回忆只能长存我的心中了。

堂兄和他的"过房娘"老师

堂兄年轻时由我父亲带到上海谋生,他自己努力,学徒出师后业余抽空补习文化,很勤奋、也刻苦,人又不笨,深得老师喜爱,有一位女教师对他格外看重,认他做过房儿子,我父母也没有意见,以后便常有往来。

60年代初,堂兄支内去了兰州,事业有发展,当了领导,与老师(即过房娘)也时有联系,或书信或抵沪时前去看望。记得住在黄浦区牛庄路的老师也常常到成都路上的我家,谈谈堂兄,看看母亲,聊聊天、说说事,絮絮叨叨,尖细的声音,略带哮鸣音,时不时喘口气。

好多年过去了,堂兄与她的联系逐渐少了下来,老师也渐渐老去,来的次数也少了。只是她的形象、音容有时会不由自主地在眼前浮现。

庆云先生

庆云先生为沪上著名老中医，其师亦是现代中国颇具名声的中医博士陈存仁。

先生浙江人，祖籍德清。幼年贫而病得益中医就治，愈后便心存一念：学医悬壶，济世救人。先后师从名中医张载伯、陈存仁，在陈师门下拜师学艺达七载之久。承陈师耳提面命，或协师抄写药方，或随同出诊。尤其值得一提的是先生为陈存仁师所编纂的《中国药学大辞典》收集资料，剪贴抄写，历时数年，获益颇多。七年后即1940年先生留在陈师的诊所佐助医政，实现了自己悬壶济世的愿望。

陈存仁师是中医界的奇才，有远见卓识和创造意识，曾师从名医丁甘仁、丁仲英父子及章太炎等。二十岁独立挂牌行医，所编《中国药学大辞典》重印二十七次，被视作具有现代意义的首部药学大辞典，据此亦被授中医博士学位，据说这是中国第一个中医博士。

陈存仁师功成名就，先后当上"参议员"、第一任"国大代表"，时任卫生部顾问，因而忙于政务即周旋于上层；于是由庆云先生主持医政经常坐着自备轿车出诊，深得病家、社会及老师的好评。

解放前夕，陈师去了香港，继续刻苦经营，弘扬中医，成为英国皇家医学会成员并获得名声和财富。先生留沪自行开业，后进入公费医疗五门诊部行医，"文革"因陈师原因屡遭审查，然不怨不艾，默默如常，潜心医道，为病家服务。浩劫过后，电视剧《上海滩》在大陆播出，片尾赫然有"医学博士陈存仁赞助"的大字（据说当时并未获陈师允许）。有关方面有意请先生出面延请陈师回大陆看看，先生不置可否。

庆云先生从医五十余年，擅长中医内科、妇科等，对于呼吸系统如老慢支、哮喘，消化系统如胃与十二指肠溃疡、胃窦炎、萎缩性胃炎，妇科的不孕不育的临床诊治及研究颇有造诣。成果曾获卫生部及全国科技大会奖。晚年先生仍孜孜于为病人、为社会服务，其主持的冬令膏方专家门诊部门庭若市，平时带徒授业亦尽心尽力，可谓老而弥坚（热衷中医），老而不息。

先生于 1989 年因积劳成疾于医院开会之际突然发病经抢救无效而逝世,享年七十有余。次年九月,陈师因脑溢血逝于美国洛杉矶,享年八十二岁;不知老师知否学生先走一步?

先生姓章,有儿女四人,虽有从事医务者,但无能承其衣钵。他也是我敬重的岳父。

天有不测风云

半夜被唤醒,岳父心梗,赶到医院,正在抢救。白天还好好的,去医院参加什么会议,后说是突然发病,但终因抢救无效走了。老中医,专家,七十多岁不算年纪太大,真是天有不测风云。

同事姚兄,与我们夫妇都熟,猛然遇车祸,从此再也没有醒来。我接到静安区领导的电话,说姚兄出事了,赶去华山医院的重症监护室,握住他的手,在耳边轻轻唤其名字,已经昏迷多日的他眼角似沁出泪花,手也微微一动。抢救了数十天终告不治的姚兄英年早逝,其时已居要位,不然成就会更大。飞来横祸,痛人心脾。

朋友加同学的儿子,一向优秀,大学毕业已落实了银行工作,可谓皆大欢喜。然某夜疾呼头疼,送医院后昏迷,延医揽药,多方设法,但就是没有抢救过来,后医生告之:脑血管畸形,不发尚可亦不知,发了就难……我参加了追悼会,目睹其父母的痛苦之状,不由甚感悲怆。

农友丁姐某日下班,雨天,走进小区弄堂,一下子被坍倒的围墙砸中,两腿断而终身残疾。原来隔壁弄堂在造房,把泥土堆放在围墙的另一边,雨水使泥土膨胀,压倒了围墙。我闻讯与其他农友一起去探望她,以后也经常联系。这种打击给人带来多少不便!好在丁姐是开朗之人。

这些都是飞来横祸,系不测之风云,临到头上,令人痛惜、难受。逝者已矣,生还者只是面对、接受、化解、放下为好,如丁姐一般。恐怕这些都很难,还是希望这样的事少些、再少些!

亲　戚

　　夫人的表姐嫁给了王姓的先生,我岳父因为中医,有点名气,所以这位表姐夫的母亲也经常请教于岳父,称之为:娘舅。因为都是浙江人,习惯、口味比较合得来,走动也多一些。

　　表姐夫的姐姐是著名越剧演员,其丈夫亦是著名的电影表演艺术家、导演,当年拥有的戏迷、现在说起来的"粉丝",真不知道有多多少少。夫人家中姐妹提及这对声名显赫的夫妇,津津乐道,与有荣焉。他们夫妇在武康路家也常去光顾,当时在同学、邻居中是一个极好的谈资。

　　岳父去世的信息报给他们,他们送来了花圈,写着:沉痛悼念……,落款为好友孙、王。因为是名人,大家看了也没有什么反响;不过有明白人以为:这辈分怎么算? 也有人说:好友,就是说各人交各人的,他们可以异于王的弟弟的叫法,互相明白就好。

香 蕉

有一段时间,我忽然发觉自己的耳朵不灵了,声音要响、要大才能听见;在学校读书,因为坐在前面,又有书本、老师的板书,一时也没有什么问题。回到家里,日日沟通也不见有什么大的异常。后来有几次我在前三层阁,母亲在前楼叫我什么,就是听不见,没反应。母亲一问原因,觉得要当回事,当即带我去静安区中心医院看病。

医院在西康路、北京路。经过很简单,挂号、检查,不多时由医生从我耳朵里取出两坨大大的耳屎,有些发胀的样子。我至今也没弄明白,耳屎怎会有那么大,像个烟蒂,而且会导致听不见声音?!

从家中到西康路的医院,走北京路要经过五六条马路,也没有坐电车,一来一回有点累。于是在回来的路上,也许是母亲认为比较顺利地解决了一个那么"严重"的大病的问题,也确实因为口干,便在马路边的一个水果摊上买了几个香蕉,是典型的广东芝麻香蕉,个儿不大,外边的香蕉皮上有着点点的黑斑,但却很甜。这是庆贺也是犒劳。五十多年过去了,那种香蕉一入口,满嘴甘甜而又糯腻的味道、感受还留存在嘴边、脑际。然而尽管再吃那同样的芝麻香蕉,今天却找不到那种滋味了。

杂木箱

旧的不去,新的不来,话虽然这么说,但逐渐老去,却常常想起幼时、年轻时用惯、看惯的那些老物件,可惜多是寻觅不到了;而且记忆中的老物件,因为时候长了,究竟是怎样的真面目,往往也不清晰了。

记得我十七岁时去崇明农场务农之际,要置办行李,父亲带着我去了成都北路、淮海路附近的一个家具店买了一个杂木箱,约三尺半长、一尺五宽、一尺高,花了十八元钱。没要我搭力帮忙,就一人驮在肩上带回了成都北路、山海关路口的家中,路上也没怎么歇。我随在父亲的身边或身后,绝对有《背影》(朱自清)中的那种感受,而且更胜更甚;当时父亲已经过了六十岁。

八年后返城,箱子带回了,但经历结婚、搬迁,已经想不起箱子扔在哪里了,记忆力甚好的母亲也没有提起过。真想找来,放在如今尚且可称宽敞的家中!

气　味

　　每月 18 元工资，毕竟工作了，自食其力，也减少了家中的负担。我因兄弟姐妹多，母亲又没有工作，照顾家中，直到我去农场后她才参加里弄生产组工作，后来也享有一份退休工资，也是幸事一桩，当时家用拮据。虽然两个哥哥先我工作，家境有所好转，但仍然艰苦。

　　自己平素节约，能省则省，也没有抽烟等习惯，当有 5 元、10 元之节余，请同学带回上海交给母亲，以帮助家中一二；母亲亦十分感慨。多年后，母亲常常提及：这 5 元、10 元的纸币都有着一些霉的气味（因农村潮湿，夹在书中或放在信封内不免沾有霉味）。

　　此事此景此言于今人不会有什么感受或意味，于我则不然。

好难的换房

在市委宣传部工作阶段,我有过一次福利分房的机会,属于套配,交出原先在遵义路的一室户,分得南车站路的两室户,总归是好事,欣欣然接受。

到实地察看,条件不错,都是亮间,交通也方便,只不过两间房都是朝北的。在诸多友人的关心和帮助下,还是着手准备返回静安,熟人熟地,习惯那样的生活圈。这个换房说起来容易,做起来难,多处寻觅房源、找人、落实包括消化南车站路的两房,四联单开进开出,补上由此产生的差价。此事妻子单位也大力支持,出了些许资金。

当时没有市场经济的大氛围,房地产市场尚欠发达;虽遇有难度,但是有一些热心的同事、朋友肯帮忙,好像也没有还过什么人情,现在想想太不应该,好在这些个肯帮忙的人如今的发展、发达得甚好,远胜于昔,他们绝对不会计较那些事。以后我的住房又有一次改善的机会,也是得益于他们的热心帮助。作为当事人的我,心存感激。

有过几位在房地产市场闯荡的好手,有过管过领域、地域的领导,有过消息灵通、入手肯定大有斩获的朋友不止一次劝说再买或怎样,但始终认为胆气不足、财力薄弱,并不想再麻烦别人因而放弃了机会;就财富而言是少了许多,但压力却也不曾大过。

股票认购证

初初发行股票的时候,证券公司、银行都有上门推销,三十元一张的股票认购证并不紧俏,大多数人没有买,认为这是一种无益无效的举动,不值得投入,还说投进去的三十元钱到时候不值一分钱。

我们机关内部对此亦平平淡淡,同事之间并不看好这个当时的新生事物。家人聚在一起,提及此事,反对的声音居多。所以一段时间里,我也不曾上心,没把它当回事。

销售认购证的最后期限当天是雨天,好像也是休息天,我经过静安寺(南京西路、华山路口)工商银行的一个门店,看到门口仍有一张桌子搭放在那里,仍在出售,但无人关注。当时我正好收入一笔稿费,身上还有些钱,想想试一下吧,便买了十二张认购证,周围有人议论,也有跟着买一、五、十张的,在以后的日子,认购证越来越吃香、走红,据说在黑市曾炒到一千元一张。陆续开出新股后,也屡有中号,于是一件全新的事开始,登记、筹钱,东走西跑(因为承包发行股票的公司不一样),热闹了好一阵子。接下来炒股便成为家人的一项经常性工作。那十二张认购证带来的效益对于当时一个状况一般的家庭应该说不无小补。

近来常常看到一些寄售公司或个人在收购老红木、老年份的茅台酒等的同时又出现新的品种:当年使用过的股票认购证,说是高价,也没有去过问。东西肯定在,既然现在有人收,那么搁在日后岂不是会更加值钱了呢!

新婚贺词

女儿成家办酒宴之前,我专门向领导作了报告,本来就不想大操办,所以就是履行一下手续,领导认可:没有问题。

参加女儿、女婿婚礼喜宴的大多是我多年好友、走得近的同事及亲戚。我们衷心感谢他们的莅临、恭喜;都希望新人们有一个好开端、好的前景,顺顺当当,一生一世。

我在婚礼上对新人提了十二个字的希望和要求:爱心、孝心;亲情、友情;角色、责任。这每二个字就都是一篇大文章。一个人在社会之中,在家庭、在工作岗位、在各个方面都有一个角色的担当,继而亦有责任。走东走西、天南海北;上下左右,人际人群都有契合、关联,都要注意处好角色和责任的关系,可以由角色看责任担当;亦可因责任而明确角色。

但是基础、基本、基石不外乎一个心、一个情,即前面说过的:爱心、孝心;亲情、友情。

可以言之,对大家,对自己;不过做起来一定很难、不容易。作为长辈的我们也不一定能做到;那么,就算是共勉吧!

记忆中的电影插曲

小时候，家中兄妹多，经济上窘迫，除了学校规定或组织的电影去看一下外，很少有自己去买票观看的，尽管西海电影院、新华电影院离家不远。

因为电影看得不多，所以对已经看过的电影印象深刻，如《红孩儿》《马兰花开》《兄妹探宝》《哥俩好》《花儿朵朵》《自有后来人》《红珊瑚》等等；尤其对电影中那些优美动人的插曲，至今记得或会哼唱，对这些当年的歌的感觉不逊于今日那些大牌的首唱或作品。具体举几例：《红孩儿》的"共产儿童团歌"，《马兰花开》的"马兰花开幸福来"，《兄妹探宝》的插曲，等等。

提起当年的这些插曲，即便同龄知道或记得也很少，更何况现时年轻人，世事大概就是这样流转不息，令人有怅惘之感。

不过老了，还仍记得那些歌："太阳升起在山冈……"（系《兄妹探宝》的插曲！）

歌　声

　　小时候的我尽管不识简谱(更不要说五线谱),尽管五音不全,但也喜欢哼唱几句,而且觉得低声吟唱感觉更好些。家中有过《革命歌曲大家唱》(64开的)、《战地新歌》等,那些不同时期的歌曲大都耳熟能详,如:

　　"山连着山,海连着海,全世界无产者联合起来;红日出山临大海……

　　"江南丰收有稻米,江北丰收……

　　"这是咱公社的山来,这是咱公社的水……

　　"听说咱解放军下了山,全村的老少赶上前,争先恐后去把咱英雄迎,老汉我急忙……

　　"看雄鹰在展翅飞翔,听涡轮在纵情歌唱,人民的空军,祖国的好儿男……

　　"像那大江的流水一浪一浪向前进,像那高空的长风……"

　　以及众多著名的歌曲《马儿你慢些走》《边疆处处赛江南》《社会都是向阳花》《我们走在大路上》《航标兵之歌》,电影《赤峰号》《兄妹探宝》《南海怒潮》插曲等。

　　大型音乐舞蹈史诗《东方红》一出,其中那些优美动听的歌曲让人耳目一新,吸引了各个年龄段的人们,王昆、郭兰英、胡松华、贾世骏、邓玉华等便成为众所周知的名人歌唱家。歌剧《洪湖赤卫队》亦给人以深刻的印象。众多的外国歌曲,苏联、印度、朝鲜等的如《三套车》《莫斯科郊外的晚上》《拉兹之歌》《南渡江之歌》等也为大家熟悉、传唱。

　　隔壁的大姐歌唱得好,一次她家来了亲戚,那女孩一面弹吉他一面唱歌,声情并茂,间或两人合唱,吸引弄堂里的众人。多年以后,卡拉OK成为热门,听了大姐的演唱,韵味不减当年,便建议她自己制作碟片,让其两个儿子操办,但以后没有下文。

　　农友张兄素来喜欢唱歌,有板有眼,声音洪亮,乐感强,肺活量大,会唱的歌多,可以唱上半天,三五个小时不重复。在工作之余下大功夫,并得到专业人士的指教,进步更大更快,听他的歌,也是一种享受。

三层阁王老师

住在我家后三层阁的王老师也是绍兴人,做过老师,也做过生产组的负责人,说话办事爽快麻利。

她有一个特别的爱好,喜欢吃"喜蛋",指的是没孵化成功的蛋,小鸡没能出壳死了的那种蛋,据说吃了人会聪明,不知道有什么根据,又何从说起。那时候的人勤劳,有公益心和协作感,不宽略显狭的楼梯每天都有人擦洗,或自愿或轮流,干净的楼梯可以坐人、可以赤足而行。王老师就坐在凳上,把"喜蛋"及酒放在齐胸的楼梯上,边吃边聊天,前楼、后楼、亭子间的门都开着,或应承或讨论,热热闹闹的样子。她吃得很仔细,现在想想那么一个小小的鸡蛋,破壳去壳,未成活的小鸡有点毛、有点皮、有点骨、肉,就那么一小团东西,不仔细剔、吃、嚼,怎么弄?! 看她的样子,味道肯定不错,不过我不想去尝。至今也不知其味,不知时至今日还是否有人在吃这种蛋。

王老师说过《乌盆记》的故事,也是在吃"喜蛋"时说的。具体记不全了,大概的情节是:商人刘某在回家途中囊中银子露白,被赵大夫妇贪而害命,并将其血肉混入乌泥烧制成一个乌盆,蒙冤的刘某的灵魂于是就寄附在乌盆中。乌盆后来到了张别古手中,乌盆向张诉说冤情,要求张带其去包公处申冤,包公审明情由,为刘报仇,被侵占的财物也归还了刘氏婆媳。讲述中,乌盆与张别古的叙说、与包公的应答,包括乌盆的冤魂因没有穿衣不能进入衙门以及如何过渡等等情节活灵活现。她强调说做好事有善果,如张别古也有了善终。

端午节时光的弄堂

　　端午节在弄堂里,在居民中的影响要大过中秋,因为一到端午基本上家家都要包粽子,于是买箬壳、浸米、斩肉、拌馅等等,弄堂里的人家,有把炉子放在门口、楼梯口、灶披间的,一时间煮粽子的香气弥漫,一弄堂热腾腾、暖融融的气氛。

　　弄堂里的几位包粽子的能人出动、出手了,除了自己家、亲戚家,还帮着不会包裹粽子的人家包,于是一家家轮着,准备好食材,包一些肉粽、赤豆粽、红枣粽、豆沙粽、豆板粽、白米粽之类,粽子的样式有小脚、三角、枕头粽,好像还有大箬壳色的碱水粽。包好之后带回家,也没有报酬,只是连声的"谢谢",次年也就照样进行。

　　小孩闲着没事,围看着,听听淡而无味的张家长李家短的闲聊,比较着能人的手势(式)、速度。好像也没有人要学。

　　邻居镇海的母亲就是一个牵头人物,除了包粽子,我所记得的还有生日面和豆腐馄饨。先说生日面,那一大碗红汤性质的面条上盖着一块五花大肉,冒着热气,分送到相关人家,不要说吃,闻闻也香,尤在那个时期。以豆腐作馄饨的馅心,还带上虾皮,我估计现时的专门人士也想不到,也不会做,但那种鲜味及热烫的感觉不是经历者难以体会,即便尝过也很难完整描述。

　　当九十岁出头的老人被问及当年事尤其豆腐馄饨时,她也不禁笑了:很便当的呀!

紫色的喇叭花

　　谷雨已是春天的末一个的节气，至此便进入暮春。虽春已老，而春未了，铺天盖地，如火如荼，生机盎然；花亦盛，朵朵、簇簇、片片，或零星、散布、越陌连阡。曾经有过广阔达万亩的石榴园（宋时就有，处山东枣庄一带）、现时几千亩、几百亩的梨园、桃园、杏园各地都有，那么些的梨花、桃花、杏花齐崭崭开放，何等壮观！

　　我却忆及儿时弄堂内靠墙、或置放在门口、窗前、屋檐、晒台的花坛、缸瓮罐甏、旧面盆、大的搪瓷杯、碗之类中种植的喇叭花、蔷薇花，附在墙上或绳、棍上，延伸开去，那绽放的红色、紫色的小花、含苞欲放的花蕾，左右上下摇晃，细小的绿叶在和风中牵动着花朵一起颤动，虽然很少有花的香味、香气，但袅袅婷婷，安逸可人。

纳　凉

小时候的夏天总觉得没有现在的热,大概原因不外乎:没有那么多的高楼,所以空旷、有风;没有那么多的汽车、空调,所以很少那么些热烘烘的散热;没有那么多的竞争和俗务琐事相伴,所以心静……

那时一只躺椅、一个竹凳、一块搁板、一张草席、一把蒲扇就可以把自己整合得悠然的日子。晚上在路边,在月光下,就着昏黄的路灯打牌、看书或闲聊,总有见识广或能说会道的人讲故事传小道,受欢迎的是鬼怪故事或流行小说。也有吃些瓜子、西瓜、番茄等食物,说说笑笑的。相对家中宽敞一些的人家就不大会出现在街头路边,即使坐、躺上一会儿,也会被家中大人唤回。

纳凉的人塞满大半条马路,很奇怪马路对面的人家只是坐在上街沿,也许是抵不过弄堂的人多势众;那几户人家因时间长了,也脸熟,但少有接触;多年后在马路上也偶有相遇。那时的马路不宽,晚上基本没车。整个一段成都路,从山海关路往北到新闸路,都如此这般。没有过分的吵闹,少有争执,根本不见如今处处皆有的保安、特勤。

一般到了晚上十点后,人们开始回撤了,第二天要上班、上学。人也觉得清爽凉快许多了,于是三三两两,或一家子或抱着已经睡着了的孩子进家门。

晚上纳凉的地块好像也有争先恐后的抢、占,但一般也照惯例,所以除特别强悍的人,大家都可以容忍。总感到那时平和、平淡,没有值得提及的大事,但回忆过去时却有一点醇厚。

老邻居

我有时也会去看看一些老邻居、同学父母等，有时候在老屋附近也会遇到一些邻居、熟人。二三十年的变化有时就觉得有点难以接受，那么些曾经精明能干、身体健壮的人居然会老态龙钟或疾病缠身；时光带来的变化于我们的长辈更加明显，其实我们也逐渐老去。

交谈之间，我也总会代表母亲问候几句，他们也会提及往事，并致问候；一般情况下基于人情世故我不会空手去的。听到老邻居的近况母亲在高兴的同时也会提点我，不必太费事。

一次因同学聚会，路经老屋附近，遇一老邻居又是弟弟的同学，我们小时候也很熟，他下岗在家就在街面上管自行车停放什么的，其提及母亲卧病在床以及兄姐的状况等，我因急于赴约，就给了他一张联华的购物卡，他居然不识其为何物，我简单作了解释，请他买点东西代我及弟弟问候他的母亲。又一次邻居聚会，听说在坐的某人母亲亦瘫在床上，我亦请其代为购物问候。这些老人年轻时太吃力、用劲，辛苦一生，临老那些隐疾、伤痛便迸发出来了。

记得很清晰的一幕，也是在老屋附近，看到一位老同学、场友步履蹒跚，一脸病容，人有点虚胖、走样，我惊讶之余问及情况，他说道是"慢阻肺"，感觉很不好。我当时也不知道慢阻肺是怎么回事，看他那有气无力的样子，总觉得是件严重的事；时值中秋，我给了他两张品质、档次不错的月饼票，并请他好好养病。我离开的时候，看见他的眼角有泪光。隔了不多久，听说他去世了。

我们已经老了，而我们的父母、长辈尚在，亦老我们许多，多尽一些关心、关怀的义务，让他们高兴一点，包括忆及往事、回味当初，是我们应该做的事。

烟杂店人家

　　我家老屋邻四盆路口，出了弄堂朝北是一家烟杂店（当时也叫烟纸店），店面较大，有三开间门面的模样，出售的商品丰富一些，包括糕点、老酒等。出弄堂朝东，马路对面傍着菜场也是一家烟杂店，门面小，仅一间，卖的东西也简单，生活用品，肥皂草纸；记得那时常常有停电，在那店里买过白色的蜡烛。

　　两家烟杂店好像都是女主人当家，都比较有耐心，态度平和，看上去很和蔼；也有点本事，知识女性的样子，无那种泼辣的感觉。因为近邻，光顾也多，小时候嘴馋，买些糖、蜜饯及铅笔，橡皮，或替父亲去"拷"老酒，带上一个玻璃水杯，买1角或1角1分一两的高粱酒。进而对他们的家庭情况也稍有了解。

　　那家叫元丰的烟杂店家，小孩也多，其中有我的同学，几个男孩头脑灵活，读书好，其聪明程度在附近一带为大家所了解。另外一家烟杂店的名称已经记不起了，他家有三个子女，男孩聪明，好像是育才或时代中学的高中生，后来出了国，学有成就；女的文气、漂亮，读书之余间或帮母亲接待买卖。因为那里属于静安区的其他街道，所以也不曾作同学或同事，印象中都比我大；以后的情况就不清楚了。

收废品的人

　　那时十分强调物资利用，也许是因为资源不足；废品回收得到各级政府的重视。我们所居住的弄堂口长年设有一个废品回收站，其实也就是每周约两三次的设摊。弄堂不宽最多五六米，朝东南方向的弄口左右各有一米左右的围墙，摊头就设在弄堂内北侧靠墙的一边，放一张类同小课桌的台子，对着进出弄堂的人们。

　　因为经常来，而且当时的物质条件有限，也就没有什么废品可收。那个收废品人就显得有些空，或坐或站或抽烟，那时上班不会看书看报，也与围着的或经过的人聊聊。

　　那人显然不是惯常干此类活的人，衣冠整洁，头势清爽，大背头，面修得干干净净。他带着的那个黄颜色的公文包质地很好，与他的话、他的职业不甚般配。他知书达理，健谈，但也会"轧苗头""接翎子"。我估计他也是属于因为社会的大变动，从原来较体面或较上乘的职业、职务上流动下来的；应该说此类人在当初不会少，但像他那样既保持一点自己的特点又能自如地融入新的职业、工作的也不会太多。

　　我们经常把家中的书、废纸、破衣布片、废铜、铁块之类的东西卖给他。这些事通常由家中的小孩、老人去做。卖废品的钱家中不会收去，于是希望那人能给个好价钱，也就对他尊重、客气，但好像也看不出他的"放水"。那人的模样我至今还记得，以后好多年曾经问过此行业的一些老人或在岗的同志，都不知道或想不起此人了，更不要说他的姓名了。

家门口的路

成都路不宽,大约不会超过十米;马路对面靠黄浦区的一边、山海关路口就是个菜场,有水果店、鱼摊、点心店、茶馆等等。属静安区一侧,在山海关路朝西几十步就是一个规模很大的菜场,我很奇怪那时的菜场居然会造得那么宽敞、坚固;据说有关方面还将其作为战时或灾难发生时的应急掩蔽场所。

马路上很热闹,早晨菜场又加上设路边摊;白天行车,它是一条南北交通要道,地理位置适中、便捷,要不然以后的南北高架也不会架在它的上空;晚上又是人们纳凉的地块(当然是在夏天)。

人在那时很单纯,"好弄",对面马路上的鱼摊腥臭肮脏,收市后简单用水冲一下,在夏日的阳光照射下,发出阵阵的鱼腥味,苍蝇拍是隔壁店家、居民的必备武器。水果店的生意也不怎么好,记得有一年桃子大丰收,但销路成问题,也没有降价、削价之类,天气炎热,堆放在店门口、上街沿的木箱内的桃子便发热、发酵、腐烂,味道极其难闻,但隔壁的那几户人家也不见找单位、找居委、找店里员工理论、争吵。当时弄堂里流行"钉桃核",人站着,把执在齐眉的桃核对准地上的别人的桃核掷下去,将其打出方框,就算赢了。大家见无人管事,就到木格箱里摸取桃核,根本不顾酸腐臭味、手脏人脏,整整几十箱桃子被摸了个遍。现在想想未免太浪费了。

静安一边的大菜场有广播,早上六点钟甚至更早些就会开播,音乐声传得很远,人们也睡不着,上班人、买菜人无所谓,可其他人呢?"文革"中,歌曲《大海航行靠舵手》《语录歌》等等都常播放。这只是"文革"的头几年,以后就有改变了。这在当时更没有人有异议或敢有异议。人的适应性是可以调整的,时间一长,听惯了的这些歌声成为生活中的组成部分,也觉得入耳也会附唱。它表示了时间,一天的开端;一旦没有了,竟会有新的不习惯。

大队辅导员

小学时代的少先队大队辅导员是我的老师,因为同是绍兴人与母亲也就特别熟悉。我入队后即为中队长,旋升为大队长,自我以下四个弟妹又在同一小学,且学习成绩均不错,所以郑老师很熟悉我们。学校的后门就在我们弄堂底,可以说听到铃声赶去学校一般也不会迟到。这样学校与家庭几乎接驳在一起,家长、老师、学生动辄可在马路上遇到,那时的人质朴、客气,相处得十分可以。

离开学校并工作多年后,知道郑老师在一师附小财务科工作。我借调在静安区委整党办工作的时候专门去看过她。女儿的读书得到过她的帮助和关心;女儿对郑老师很是尊敬,郑老师也予以帮衬纾缓。她成为我们两代人的老师。

进入 21 世纪,郑老师找到我交代办事,虽然尽了力但总觉得没有办好;但老师很客气,且低调。她侍母甚孝,先生也是老干部,从静安区政府转去市里的某个局工作,有三个女儿。

郑老师与我的另外几个老师走动多一些,我几次请其联络一些老师聚聚,她好像怕增加我的负担,答应之后却不见动静。看来还是要抓紧,想看望的人要及时去看、去聚;多看、多聚!

有内涵的汪老师

　　小学三年级时的汪志远老师，是我们的班主任，个头不高，在当时我们的眼中却是一个魁梧、健壮的男子，走路时步伐坚实，双手前后晃动，很有气势。

　　对这位男性的班主任，印象深刻的如抓写字，尤重毛笔字，讲解、练习、辅导，也专门组织班级或年级的比赛，借此机会，使得我们班上同学的一手字都很不错，在当时没有感到什么但在以后却对我自身有很大裨益。现在想想，当时认为是一种苦、过关，到后来却成为本领或财富（当然与电脑时代无关，今天又别作它论了）。

　　他还经常让我们从练习本的中间取下二页，由他刻腊纸，印发给我们一些歌曲、谱子之类，教唱，如管桦的《我们的田野》等等，此歌在我的心目中，可以媲美北方的《让我们荡起双桨》，可惜其流行、影响却要少、小多了。不过今时好像又多有传唱，屡屡受称赞。

　　汪老师后来怎么了，也不太清楚；碰到小学里的其他老师，也不见提及。

倪老师

小学五年级的倪老师单身，"文革"中传言很多，说她家人去了台湾等等，并被一些高年级的学生批斗，她的眼睛深度近视，有时眼镜竟被取下。我们这些当时的好学生无奈亦无用，没办法帮助到老师。

她眼睛近视，人又高，走路办事经常低着头，但教学认真，说起话来语调不高却有穿透力。有时候在班会布置了工作之后，会从口袋里取出几颗米老鼠奶糖分给我们几个班干部。她接我们班的时间不长，"文革"后我们停课在家中，她在接受批判、隔离之类的。

我去农场是在1971年，母亲稍后参加了里弄生产组工作，曾经在烧窑时碰到倪老师。尽管在大城市，因为备战需要，各单位、各家都有做砖乃至烧砖的任务。母亲告诉我倪老师做得很苦，老师也问及我的情况。

我在静安区委工作的时候，听其他老师说到倪老师年龄大，身体不好，家中乏人照顾，住房又差，在延安路口的慈惠里。我去探望过，确实过得艰苦。事后我作过努力，但也没有什么结果。

单老师当过兵

"冬至不吃饱,一年四季不会饱。"这句话在中学学农时听单老师讲过,大概是因为是夜长需要多吃一点,老师这样说也确实准备了一番。学农那年的冬至他为大家烧了草绳扎肉,松江古松生产的稻米"老来青"特别香,煮成米饭油光光的,不用菜就能下肚。十五六岁之际的我们胃口特别好,一顿冬至夜的饭吃得印象很深,饭后在稀疏的月光下游荡着回各自的宿舍。

单老师当兵,好像是在海军航空兵地勤部队。他说过飞机发动时的火力、热量足足可将活的鸡一下子烤熟,想起来有点像现在的烧烤,不过带着鸡毛、未经加工处理而已。年轻时听什么都新鲜,对老师的当兵生涯甚为羡慕。

当过兵的老师服从组织安排,先后去当过校办工厂的负责人,创收乃至补贴学校的相关费用。那时的学校、老师的日子远没有现时那么丰裕,令人艳羡。所以创收、办校办工厂是一项重要工作,他应该也做得不错。有个朋友曾是单老师的邻居,也时有从他处听到一些关于老师的情况,后朋友搬家,屡屡变换工作,估计与老师也无甚联系了,所以消息也就断了。

有一年年末,约是小年夜,下午四五点钟光景,我经过山海关路、慈溪路口,就在育才中学校门的斜对面,看到在寒风中单老师守着一辆黄鱼车在卖鸭子,我一愣之余忙上前问怎么回事,老师说组织的节日供应、分给老师后多余下来的,想处理掉。我打电话找来了饮食公司的业务股长让他按惯常之例收购了。

又多年后,找人了解单老师的情况及手机号,但得悉其因患恶病去世了。

八十老师舞翩翩

"新冠肺炎疫情"暴发之时,宅在家中的我从"育才老同学"的微信群中看到一段视频:约是 2020 年 1 月的某天,为祝贺解守中老师八十大寿,我的中学班主任奚佩英先生(当时在校都称老师为先生)适逢其会,在舒缓悦耳的《梁祝》的乐曲声中翩翩起舞,已经八十出头的奚先生精气神极佳。班长陶书梓在群里说:奚先生分别已有四十九年了! 很高兴看到先生的近况!

近几年,遇到几位小我二三十岁的小友,攀谈起来发现居然是我的中学校友,而且还是奚先生和费先生(奚先生的丈夫)的学生。师出同门,我为学长,自然对学弟、师弟格外热络、多予关心;当然,他们对我这个大师兄也格外关照、亲近。事情就这样巧,说到、走到一起了。

离开学校后,我去了农场;返城后岗位多变,与育才的老师接触不多,奚先生她对我一贯关心,离校后也向人问及我的情况,也曾见过几面;知道她后来住在凤阳路、大田路一带。问及几位小师弟,他们说离校后不曾与费先生相遇过。我理解现时的年轻人成家立业、欲出人头地、拼搏之苦、之累。曾经约好一同去看望两位先生,但未能成行。

因久未联系,无从得知先生的近况,先后问了育才同学中消息灵通者及时任"红团"的诸位领导,均无着落。旋又找到静安区教育局的老朋友打听先生的情况并索要联系方式。现在看到奚先生在解老师寿宴上的形象,十分快慰。因疫情关系,只得待日后拜访了。

记忆中的学农

中学时期的学工学农是当年所谓教改的需要，但总归比较松散，尤其学农。没什么农活可干，也干不来什么的我们住进农民腾让出来的房子，自己烧饭；生产队派专人带我们干些力所能及的活。如今到底干过些什么，对经历农场多年锻炼的我来说，根本想不起。

记得几件事可以一说。因为懒，也因为天寒地冻，后勤跟不上，一次饿慌了，竟将仅有的锅巴、芋艿、咸肉洗也不洗，扔在一个大锅里，烧滚了以后也不管熟否，抢来吃，其实有的根本咽不下去。之后就那么饿着，忍了一两天，到底怎样解决的，也真记不起来了。

同学叶某个性突出，其胞姐在黑龙江农场工作，经常会接济这个弟弟。然而弟弟还是时不时地写信要求帮助。他抽烟，手头较松，为人随性，说不高兴即表现在脸上。我与他同过桌，相处亦不错。一次他因没钱了，就提出在12月的冬天，下河比游泳，在水中待上一刻钟，要大家给他一毛钱。是无奈也是看热闹，这样的事有过几回。看着在水中的他嘴唇哆嗦苦熬时间的样子，想想真有不值之感。各自工作后他处境一般，常向其他同学打听我的情况；一次在路上遇到他，他守着鱼摊，我知道其结婚晚且有了孩子，就陪他去华联超市，买了烟、油、米和曲奇饼干，让他带回去，他很高兴。

学农结束了，每个人要写小结，在大家的要求下，我一个人写全部十三个人的小结，每篇都不一样。这件事弄得老师都知道，不过当时好像也没有追究和计较。其他班级的章老师送我们去崇明农场工作时，我就被他说是"代客加工"，"万宝全书缺只角，如今到农村来补角了"。

连夜从松江走回家

所谓的"复课闹革命"后，我们进了中学，所学亦不多，倒是安排了各为半年的学农、学工。

我们的学农是在松江古松公社，经过石湖荡、铁路、大洋桥，具体的大队、小队已经忘了。学农阶段有几件事记忆犹新。

出宿舍（系农民腾出的房子）朝北走一些路，越过小河，是一条铁路，路基高于路面，朝南略显有坡度，在冬日下人躺在斜坡上，晒着太阳，眯缝着眼睛，浑身上下暖洋洋的，很舒服。生产队里一个比我们大不了多少的壮实小伙子则在河滩边、坡边管着、赶着一群鸭子，有时也交谈几句，宁静安逸；火车不时驶过，我不由想起贺敬之的《西去列车的窗口》。

吃的是新米，称"老来青"，估计是双季稻，在土里时间长，日照足；十分香糯可口，油亮晶莹，不用就菜，看着也馋，入口即送入肚中，若有好菜，鱼肉之类，更是胃口大开。以后吃过好多名称的米，"五常""东瀛五斗""蛙稻米"及东北米、射阳米，包括仍是出产自松江的"老来青"，味道上差太多了。有人说要饭好吃关键在锅，用了好的锅子，虽有增色但依然不行，比不上当年当初，大概好的味道总在记忆中吧。

松江有种海棠糕，馅由豆沙制作，方方的，上面放着一块白色的猪油，色泽及口感都上乘，印象很深，但以后问及多人，包括去松江，但都说不知道。

也在学农时，一位带班的老师，因为发病用错了药而去世。她是国民党将领邱清泉的儿媳妇，很漂亮，有修养，教语文、英文，这是较早接触、闻及的死亡例子，闻者恻恻，有点伤感。

学农结束，照着当年"拉练"的精神和做法，连夜从松江古松徒步回上海，又是风又是雨，我因近视，磕磕绊绊，感觉很不好，塑料雨衣破了，人弄脏了。不过总是越走越近，要回家了，人变得有点精神了。记得回到家中，已是阳光明媚的早晨了。

二机床

学工是在上海几乎没有什么可以多说的。学校挂钩的是西康路上的第二机床厂,有几个同学分配在总装车间,同时还有其他中学——向阳中学的学生,这个学校后不久被兼并撤销了。

记得上中班下班时,走夜路,心中有点慌兮兮,其实那时的治安够好的了。中班有每次1角2分的点心费,这个钱据说前前后后有许多年未变。

记得大热天,冲浴之后,对着开着的大鼓风机一个劲地吹风,大口喝着冰冻的橘子水,虽然空气中弥漫着微微有些呛人的油漆味和汽油味,但感觉还是不错的:在家门口当个工人真是挺好的。

记得车间的那么些工人师傅各有特色,但一起起哄、互相抬杠子、掰手腕、比操铲刀的手艺,很热闹。我跟的师傅姓毛,有急智,接口令快;其他如唐师傅、过师傅等相处都熟。他们之间虽有比较、争一高下,但总体上平和,相互处得可以,往往是讲得拢多讲几句,下了班各奔东西。

记得班组会上读《毛泽东选集》的工人师傅老姚的普通话标准,嗓音也好,朗读中几乎没错处,听他读书是一种享受。另一个师傅年轻,活络又能说会道,讲老电影故事,唱电影插曲,说社会新闻,有点意思,现在想到或提及此人,他的"太阳高高挂天空,玫瑰已经火般红……"的歌声仿佛就在耳边飘荡。

惊人的"小道"

去农场前一段时间,约在 10 月底,林彪出事的消息慢慢传开了,陶同学消息灵通,同学几个在成都路近新闸路的上街沿说起此事时,在微微的秋风中人不禁浑身发冷,汗毛都竖起来了,口抽冷气,阵阵战栗。不敢相信,却也不能不信,那么多的现象在那里,人不见出现、也没有消息报道。

那个特殊时期的政治氛围,几乎已成定局(势)的政治格局,遭此变化,相信泰然处之、平静接受的人不会多。唱着为毛主席语录《前言》所谱的歌曲,读着《光辉的榜样》之类的书籍,聚谈其率四野从东北一路打到海南岛的战绩的我等十七八岁的学生只有相信上面。

那次闻说林彪事件后回家告诉父亲,父亲刚刚午睡醒来,他口气僵硬、木然地说:不会吧,不要去传不要上当。父亲经历颇多,以其之人生经验阅历不敢相信此事之真,对我们年轻人来说,当然要慎之又慎。

这几乎成为我们成年后即将走向工作岗位时的一份来自社会的送别礼。这种突如其来的变幻以及政治方面的不测,所谓斗争的尖锐等等,以及低层的木讷、消息的闭塞,小道的威力令我们无语、无奈。

心灵手巧

　　小学同学姚兄心灵手巧，而且能静得下来，除学习成绩优秀外，动手能力强，一些手工制成的东西令人佩服。那时流行刻纸，也叫刻花（画），往往是用已经刻好的样本放在平整的桌面，一般放在玻璃上，上覆一张白纸，用铅笔在白纸上涂抹，下面的凸处就显现出来，然后用刻刀雕去空白处。他却用连环画或好的图画贴附在玻璃窗上，罩上白纸，向着亮光，用笔把画描绘下来，然后用刻刀刻下来，用蓝或黑的墨水涂一下，刻纸就硬朗了。这应该属于创作类型，有不少好的刻纸，如《椰林怒火》《河静敌未清》等等，至今印象深刻。

　　他曾经用粗铅丝做衣架，然后用塑料管全部套起来，塑料管有红、黄、蓝、绿，实用又美观，远比现时去干洗店取回送洗衣服所附带的塑料衣架要好。当时他送了我不少，好像现在家中都还在使用。

　　最绝的是他用塑料硬板做木梳，外形优美，线条和畅，二十根梳枝之间仅隔一毫米多一些，每根梳枝末端尖而圆柔，用起来头皮感觉很好，这种梳子做起来很难又慢，带有艺术性和实用性。

　　后来工作了，他将心劲和灵巧用在工作中，成为单位的技术骨干、工程师之类的，颇得好评。

黄芝芝

　　小时候顽皮,尤其"文革"停课时间,东走西奔,串弄堂,"逃将赛",在井台边提水浇淋,爬高跌低比谁的胆子大。小学的后门就在我家后弄堂底,后门是一个披间,住一高老先生,名字很大气"龙威",兼值班、维修等职;披间是他的灶间,也放许多杂物,兼多种功能。其浙江人,手巧、惜物;有点文化,认理,有点执拗;常从后门进出,对看不惯的人与事,头扭过,不屑顾;年纪很大了,仍坚持在那里,学校对他也关心,其儿子在杭州什么大学做老师,时有来,也欲接他回,但他始终没有去。

　　学校大礼堂的东窗就是弄堂底部,窗台离地近 2 米高,一字排开 6 至 8 扇窗,彩色玻璃很漂亮。我们经常爬上窗台,或往里张望或继续爬上披间房顶,或从窗台往下跳。一次我跳下来,顿时感到脚不能动了,被人扶挽回家发现右脚掌伤了。邻居帮忙请来中医伤科医生用黄芝芝治伤,母亲以鸡蛋清把中药搅拌成糊涂敷在脚背上并包裹扎妥。很快就见效了,整个右脚背全是瘀青,黑乎乎的,而且消肿除痛快而有效,两三次换药后就痊愈了。

　　这位医生是我小学同学的母亲,在附近一带很有名气,热心助人,邻居间延医送药很叫得应,人称陈家医生。其先生从事印刷业,是位热衷慈善的爱心人士,这是很早之前的事了,他经常捐款捐物,订了大量的报纸置放在近头弄堂的报架报栏供大家阅读。其与我家邻居孙先生是好友,常来;我们也都叫他陈家伯伯,年纪大了的他,越发显得慈眉善目,而且不见老。

　　小学同学陈,后来去了黄山茶林场;顶替回城承继父业,以后做了厂长;听说再后来自己开了厂。20 世纪 90 年代中,有过一次碰头,此次"新冠肺炎疫情"初起之时,有几位小学同学碰面,提起她,都不知晓她的近况。

老　相

　　我的小学同学中,若将长相老一些的与年轻一些的对比,不啻有两代人之感、之距,极端一些的例子,还不止于此。原因很多,涉及经历、家境、心态、基因及身体状况等等,但不管怎样,总是可以予以些许改善、改观。

　　如调整好心态,不随意不随便。在家中可以邋遢一点,出外时可以搞得整洁一些、干净一点,哪怕简洁、朴素,就会有精神,就会显得年轻。当然人靠衣装,切勿得过且过,有条件的话,不妨注重一点穿戴。

　　一次与同学张以及几个曾经的同事聚餐,可能因为该同学来得急,我看他头发花白,衣饰随意,一反昔日之形象,大吃一惊之余感觉他一下子变老了,"你不像过去了",这句话脱口而出。又过年余一次相聚,由于他染了发,衣服也变化了,顿觉恢复了我之前对其的观感、印象,其差别在年龄上的反差至少有十岁。过去的理发店门口有对联:进来乌衣秀士,出去白面书生。修饰、"装潢"的作用不可小觑。如今像我们这样"结构"已封顶的,只能搞搞内装潢和门面装修了,自娱娱人,自悦悦人,千万不要给别人带来不适、不悦、不快。

　　当然能够天然去雕饰也不错,但要体现出精气神。

去农场的当天

中学时走得近而且频繁的几个同学，张兄先去了黄山茶林场，王兄去了甘肃外地工矿，小敏留上海安排在街道工厂，我与陆兄同去崇明农场。临行前，小敏父亲专门送来了礼品；动身的当天清早，张兄的大哥代表了张兄的父母专门请了我等吃早点，然后送我们去了育才中学门口登上大客车。想到这些，心中依旧感觉慰藉、温暖。

在往后相当的一段时间里，回上海探亲，逢年过节，包括返城后家中遇有大事，与这些同学及他们的父母、兄长都有接触。总觉得那时的人际关系要简单、实在，想法不多，要求也不高。

2016年是我去农场的四十五周年，我与张兄约了，要请他的大哥、二哥等五人以及小敏等一起聚一下，时间就安排在当年去农场的前一夜。催促了几次，张兄因为本人忙，无法定下来而放空。2017年上半年某天陆兄因有事联系张兄，获知其突发脑梗，当天我与陆兄即去医院看望他，见其言语有阻，身体行动亦自如自然，问题好像不太大，以后几次手机通了，只是语音应答，亦不见回电。前不久遇到另外的同学，知晓张兄的另一个哥哥也患了重病，有点悔意：看来欠下的那顿饭又得往后挪移了；真有点时不我待的味道！

靠　谱

同学张的父亲长期在文化单位供职，"文革"之后，曾经为我购过一本《现代诗韵》及其他书籍，那本《现代诗韵》到现在还在用。

其家中兄妹数人，都相当熟悉，可以说来来往往像一家人一样。尤其同学张从小学，到中学，到农场及返沪后联系不断，有事商议，帮忙帮衬，视为平常。有过一件现在看来不甚靠谱、在今天大概不大会做抑或不太可能产生的事。我一友在恢复高考后入了大学，当时大学毕业分配还有去外地一说，而根据他的情况去外地的可能性极大，怎么办？已经在农村多年，又苦读四年大学，再去外地总归不欲不甘、不能接受。最好的办法就是托辞已有上海的女朋友，这样就不可能分配去外地了。那么就要找到可以称之为女朋友的人，我与同学张说了此事，要她帮忙顶替。其时她好像也没有朋友，也不熟悉我的老友，但她一口允诺，当时也没见面、没有进一步落实。事后因为我老友的情况有变，也做了一些工作，去外地的事没有发生；之前所说的也就不了了之。

此事虽属无用功，也许属于想多了的预设。但我很感激她。

柠檬茶与可口可乐

同学魏兄家中全是男儿，排行在季位。家务在行，烧菜煮饭也是驾轻就熟。早年在农场，开河挖沟逮着甲鱼、黄鳝（真正的野生！）便洗干净，在洋风炉上烧，因为是草房，隔不"死"，所以香气四溢，令人馋，但可闻而不可及，没有口福的居多，我因之间交情可以，与陆兄、文龙兄一起也能够尝到。

回沪后，有时也在他家小坐，有几次他烧出诱人的柠檬茶：用一只中型的钢精锅，盛上大半以上的水，放入切片的柠檬及糖，此均视情适量，少了肯定不行；待水烧开大煮若干时间，彼时一屋香甜又有酸酸的气味，温暖怡人，然后分别灌入杯盏中，间或就着瓜子、花生，恬淡悠然，过一下午。他曾去过日本，其间有回上海，大家便趁此由头，频频安排聚餐，走得很近、也很热闹。他又曾创业，去了国外。但渐渐联系少了下来，同学、农友间彼此问及情况，大都不知情，感慨之余，亦有些挂念。

说起柠檬茶，我也想到了可口可乐初入上海之时，我与育才校友王兄在外办事后返家途中，走到西藏路、新闸路口时因口渴，也图新鲜，买了两瓶可乐，是玻璃瓶（小的那种）装的，约 0.35 元；当时王兄已是复旦的老师，我顶替回沪，借在区公司。阳光下，可口可乐之味是初尝，解渴并打"嗝"，印象很深。

调　　适

　　我的一个老同学的父亲是个工人，很实在。我从农场干部顶替回上海做大饼油条，骤然从国营农场的干部转身为集体单位的基层店职工，心中肯定有纠结，老人对我说：都一样，换一样生活（这里指的是工作），交（调）一批新的朋友。其时他儿子在复旦读书。

　　现在回过头来想想，此话不无道理。确实在以后的日子里，调整调适，改变心态，变消极为积极，对事情正面反面一起看、比较看，不堕云里雾里。而且还把老人的这句话演绎、发挥、光大。另一位外来的同学机缘凑巧，要去高层做领导；临行，我约了几个人在家里吃饭，席间我对其说："送你三句话：时间卖给领导（指更大的领导）；坚持三到五年；朋友换一批。"次日上午我还没出门，老同学打来电话：细细一想，讲得有道理，我记下了。

　　此位同学从农村到城市，从基层到高层，从地方到中央，经过多个岗位、多年的锤炼，确实有能力、有实力，办事为人又恰到好处，得到多层面的充分认可，现在已是某方面的大员。时至今日，尽管我会关心、关注他，但联系不多了，看来这也应该属于：换一样生活，交（调）一批朋友！

"业大"四年

1980 年我考入静安区业余大学中文专业，整整四年的业余读书，有点辛苦：一个面包二两面是晚上的餐食；读书走着去、走着回，也不觉得累。当时读业大没有文凭作数一说，大家因为喜欢、因为提高自己的需要所以克服困难，都很认真；同学之间也坦诚相见。我们这一级有两个班级，因为工作关系可以交替、调换上课时间，所以四年下来大家都相当熟悉。

大家的笔记传来传去，临考试之际，都有热心的同学准备大纲、解答之类的材料，凑在一起复习，属于临时抱佛脚一类。曾经在某个同学处用大脸盆下面条，大家捞来吃；间或找个由头、借个机会聚在一起撮一顿，感觉很快乐。四年后毕业时，业大文凭作数了，成为五大生之一，享受同等待遇。同学们纷纷得到单位的器重；有的处境不理想的也如愿调换了单位、岗位，有了大显身手的机会和舞台。

我们这两个班级的同学中，确实出了不少名人、闻人、达人。包括省部级干部，市高院、中院主要负责人，银行家，上市公司董事长，著名记者，摄影家，文化人，大牌建筑师，广告人，企业家，律师……当然更多的还是各行各业的中坚力量。不过随着陆陆续续的退休、离场，联系也越来越少。然而回忆依旧在，有点甜，有点味。

同学建国

退休后的建国兄重拾旧时喜好，成为忠实的京戏爱好者、"票友"，或参演亮嗓或观摩捧场，还时不时在微信群里发布信息；我也为他高兴。

他长我几岁，是四年"业大"的同桌。那时的他在仪表局下面仪器仪表公司担任办公室主任，工作认真，深得领导信任；公司经理又是一个有名头的老革命，比较器重他，所以感觉、势头都很好。关于他，有几件事印象很深。

我曾和他合作，将我中学校友王建康翻译的日本小说《悬赏》改编成连载小说，在吉林的《江城文学》上刊载，整个过程他的那个投入：修改、联系、督促、落实的热情、劲头以及认真程度令我意外而又难忘。

他当过兵，十分怀念当时的情景，包括那时的战友。他曾经说过每当午饭时刻，拿着碗筷去食堂，就会触景生情想起当时在欢快的歌曲中，高高兴兴打闹着走出营房宿舍时的情形。回上海后尤其于经济条件尚可的情况下，经常情不自禁地回忆当时的艰苦以及家境较差格外节俭的战友，"也不知他们现在的情况如何？"对于这种情怀也让我颇受感动。

同学之情至今已逾四十年。毕业多年后的有一次聚会，他提及家中遇到一些情况，看着他那无奈、苦恼的神情，我建议他去找找人，包括他当年的那位老领导的女儿，但他也没有去找。我感到他还是那个安分的人。

能人赵

同学赵兄颇具才智,性格、能力,极其适应市场经济。曾经就读于向明中学,老高中,年轻时有过坎坷,自学建筑方面的知识,较早涉及房地产业,并在该领域大显身手,帮了不少房地产业的领军人物,自己也有不小的斩获。

我有许多关系与其重叠,比较投缘,在我几次调单位或需打开局面时,他给了大力支持,而且不图回报。上海南站在未造之前,他就参与了此事,让我请了上海市财贸口的一些领导、专家进行专题研讨,围绕南站的商业布局、定位等展开研究。不过以后我也没有问过他,其与南站建设、商业布局的关系及结果如何。

前些年,几个同学小范围聚,我让人专门请了他,他有事没来;2016年春节前,他的向明高中的老同学约我参加他们同学的聚会,但聚会没有如期举行。我估计他仍然在忙,基本无暇。

银行家

从一个普通工人，到市公司的团干部、到市委有关部门工作、到后来成为一名银行高级管理人员乃至银行家（一家著名的全国性商业银行的副行长），有点传奇性，但这都是事实。

跨入一个又一个全新、陌生的行业、领域，与原先的一切基本无关，而且又有那么大的发展，其中的难度可想而知。而且他的兴趣爱好广泛，书画棋牌都拿得出手。

这也是我的业大同学，王兄他为人沉稳，敏讷得兼，有长者之风。我们相处不错，初入学业大时，当时尚且流行上门拜访之类等，我去过他静安别墅的家，送我出的书给他、介绍我的朋友请其关心、解决一些单位的困难。与王兄夫人也熟，她对我也较关心。

曾经他把我介绍给当时市委的一个领导，欲调我去市人大工作，但静安区委没有放行，此事遂作罢。后来我几经变动，我也告之，他亦关心，为我感到高兴。

前些年一次在外与人餐叙，席间有人提及王兄，当即电话，互道情况。他长我几岁，但因为有本事退而不休，仍旧很忙。应该要去看看他，对，我于 2017 年、2019 年连续出了两本书（即《向大师致敬：读唐诗宋词》《向圣贤致敬：悟人生境界》），分别寄送给了他。

王　　姐

　　有一天晚上，我在一位医生朋友（其当晚值班）处聊天后返家，在医院走廊上遇到业大同学王姐，其时毕业已多年，惊讶之下问及原因，因为她本人就是医生，原来此时其因弟弟孩子就医之事在忙，我当即请来朋友，问明情况，请他关心帮忙处理。

　　这位王同学周围有一批人，经常聚，一般安排在每年的大年初三，我参加过几次；也去过她新搬的怒江路家中。也许忙也许懒，渐渐联系少了。不过对她印象颇深，尤其她姐弟四人的名字十分有趣，她老爸有点本事，子女四人的名字分别为：

旭日，

东升，

光芒，

万丈。

蒋老师

有同学请我们夫妇吃饭，给出了时间，预约。我估计是有大事或喜事，欣欣然前往。果然是她女儿婚宴，因为事先有准备，所以也没有手忙脚乱，免去了尴尬。

席间，邻桌有位女士因为带了小孩来，孩子坐不住，来来往往，她就跟进跟出，当然小孩是孙辈之列的。我只觉其人脸熟，好像认识，听听她的叫唤孩子声音更觉耳熟。问了同学，她说你不会认识，她是我女儿学手风琴时同伴的家长，几十年来一直在走动，逢年过节，或儿女喜事必定碰头。我也思虑：农场、单位、社会、朋友，都对不拢、想不起。

在敬同学夫妇酒的时候，该女士向同学点头示意，我就与同学说请她过来问一下。该女士说姓蒋，做过老师。同学介绍她是位资深的语文教师，退而不休还在教学，并且造诣深很受欢迎。看着她的样子，我问她在哪里读的书，"业大"，一下子明白了，她是我于1980年至1984年静安业大的同学，对上号了，整整35年过去了，其间没有碰过头，读书时她好像在厂里做工，读书后才去当了老师。此位同学也属低调之人，虽然我们有些业大同学常碰头，她也没参加也不曾经人提起。这位蒋同学说起了其他几位她们有联系的同学：唐某、张某、戴某等，有的依稀有印象，有的则想不起了。

聊了几句，因为是别人家的喜宴，也不需太热闹。席散后大家告别，回到家中，发现当时没留联系方式；但又想，反正可以通过同学找上这位蒋老师（同学）的。

同学康

　　在静安公园意外地遇见业大同学康,记得多年前在康定路上碰见过,当时他骑着自行车去买学校需要的什么东西。在公园我问他怎么回事,他说:听说静安公园有从新疆回沪的知青在聚会、跳舞,想来看看有否认识的人;已经来过一次,没人,今天来了遇上了,但不认识,不是原先一个师团的。康也是当年去的新疆,有情结在。

　　他曾在静安区万航渡路中行别墅(业)内的一所小学做老师,住在学校,兼了好几个岗位的职责。其为人正直,听招呼,认领导,较真敢说,在学生中有威信。我们在一起读书时,遇上考试,有好几次在他学校复习,并用脸盆下面条,就些熟菜。他说话快、直,但往往说上几句后停顿,望着你,好像在等着你的反应,赞同与否;有点犀利、直击要害的气势,但讲得不太多。对自己的经历,远去新疆过那么艰苦的日子,回上海又没房住等等也没有什么怨言。

　　其习惯至今没变,我问他近况,他简单明了:两个儿子发展得不错,一个创业,一个在国外。我记得他那两个男孩,清秀、活泼,现在至少有四十多岁了,大的那个要有近五十了。七十多岁的他麻利干脆,一如过去。他对自己的现状、处境也挺满意,教师退休,事业单位,钱够用,儿子也孝顺;有时也外出走走,旅游,农家乐什么的,新疆也去过几次。

　　问及当时几个熟悉的,一起复习用脸盆下面条就熟菜吃的同学赵、吴等人,我亦因为有段时间没有联系,只说了个大概。同学已四十年,人的交往就这样,慢慢慢慢地淡下来。停顿了好长一会,他说:都老了。

广阔天地

刚到农场连队的当日,一些老职工或站或蹲在机耕路、明渠沟边上,也算是夹道欢迎了。

先是办学习班,明确住房,介绍基本情况,也有参观,分入生产排等等,真如了那句"做戏做全套"的话,不过那时都一样。初初的心情只是新鲜,无所谓,唱着老三届职工宋姐教我们的歌,"我们战斗在广阔天地,革命重担挑在肩,打翻身仗,种争气田,为了革命把青春献",也蛮像回事。

可是睡在漏雨通风的草房里,两个人挤在一张三尺宽的小铁床上,听着外头呼呼咆哮的西北风;走在雨天泥泞的土路上,走过窄窄渠沟,跌跌撞撞、上上落落去买饭、泡水,就觉得不简单了,考验来了。

果然,收麦插秧种棉花(移苗补缺),收油菜籽割稻开河等等,等等,在农场的几年说是得到了锻炼,其实是吃到许许多多过去不曾吃过的苦,做了许多不知道没想过更没做过的事,在长身体的过程中对此取的是一种不顾及不讲究一切无所畏惧的横逆,相互逞强比高低,"扎台型",却不知酝酿于初结果于后的因果关系在日后显现,身体上的病患疼痛,毛病多发。晚年忆及当初许多人表示了后怕,有时在梦中也还常常陷于彼时场景,频频被惊起。

无奈的往事大约于后不再会发生在小辈的身上了吧!

移苗补缺

"三点三刻,移苗补缺",这也是农场农活中的一大特色性活计。棉花苗绽出土层不太一致,有稀有密,有的干脆空白,在一定的时候就需调剂,用人工疏密补稀乃至补缺,用圆形的工具罩着可以取出的棉苗踩下去,取出带着泥团的棉花苗(有点像上海当时大多数人家的煤饼),在缺苗、苗稀的地方照样取出泥团,腾出空间放入有棉苗的泥团,并捏合周围的泥土,浇上些水。这样的活呆板,只能一步一步地干,不能偷懒、取巧。为什么在凌晨呢?想来是气候或水分、泥土的墒情等等的关系,有利于棉苗移栽成功。

这样的活照例也要干一些时期,说是"三点三刻",任由排长、连队干部一个个宿舍去敲门、叫人,也总不能及时出工。那时连队普遍都有广播,于是开启广播,方圆几里都听到连队领导的讲话、训话及讲评之类的;间或放一些唱片,于是紧张繁忙的一天就这么开始了。

说起来,就拿"双抢"与"移苗补缺"相比,当然是后者好接受一些,不过对年轻贪睡、缺睡的我们不啻是一种惩罚性的工作。不过倘若碰到雨天,那么"三点三刻"就不需起来,干不了这个活。不过当看到齐崭崭的垄垄棉花苗在微风中摇曳,心中还是充满了愉悦。

紧张的"双抢"

农场的"双抢"想起来就心惊胆战,又是割又是栽,还要脱粒……那么热的高温天,人缺睡,双脚浸泡在被太阳晒得至少三四十度的水中,上面顶着热辣辣的日头,下面泥水裹腿,挥汗如雨,双腿麻木。这样的天、这样的活,至少要十几天。晚上脱粒,打谷场上人声鼎沸,灯光明亮,刺耳的机器声、恼人的蚊虫声,机械动作下带来的昏沉,有时竟然会人在动、双手摇着筛网,人却昏昏入睡,口鼻发出打呼噜声。当然这也只能是瞬间,不然活怎么干得完。好在有夜点心吃,这完全是一种不可或缺的生理和体能上的补充,还起着心理上的调适作用。

曾经有过两天两夜的不睡,曾经有泥水汗水一身几天不洗的日子。看着眼睛睁不开,手上血泡磨破,却得不到休息的男男女女依旧卖力地干活,尤其双膝跪地或一屁股坐在水中,在晨昏间拔秧,经受冷热、日月星辰的考验的甘苦滋味,令人永志不忘。

现在想想,几百人的连队,近千亩的农田,一年四季基本没有空闲,收获了几多粮食,包括麦、稻、棉花、油菜?!当在计算连队超不超"纲要"的时候,看着崇明人连长一脸的严肃、苦涩,心里真有点难受。

那么多的人返城离开农场了,田还在那里,农场的"双抢"也变成了历史和记忆,即便再有"双抢",主角变了,工具变了,强度变了。不变的只是我们心目中的那个"双抢"哟!

拷浜

在积肥的过程中，把绿肥加上猪粪，还有河泥，拌和了，堆封起来让其发酵，可以取得较好的效果。于是拷浜就是一件要做的事。

拷浜要取的是河泥，但高兴去做的原因还因为抽干了一段沟水（河水），逐渐干涸的浜底就有鱼、虾、蟹之类的战利品。过程中有一种喜欢、发现、惊喜，结果是有口福、享受。所以大家都很合作。当然也有收获平平、不怎么理想的情况；一般说来那段沟壑要宽一些、深一些，有相对一段时间没有被"拷"过，结果会好些。

初去农场，在稻田中还有崇明蟹可获，后来几乎就看不到了。有人说农药用多了，有人说化肥使土地板结了，反正用脸盆装由稻田中抓获而煮熟的崇明蟹打牙祭的日子只成为一种记忆中的乐事了。

青蛙是益虫，一般都不会去捉或吃，会被人指摘，不过也是越来越少见。不像现在有那么多的"稻米蛙""稻田蟹"，估计与生态环境及作业方式改变有关系。

现时农场的河不知怎样开挖了？又有谁会去拷浜？不过也很想知道，近些年推行河长制，农场情况不知如何？！

农场"拼爹"

　　农场连队让人羡慕的活有不少，同为知青，又属同校同学同去之辈，都向往一份好的工作。诸如连队干部（这比较难）、财务、医务室、拖拉机手、老虎灶、饭堂、植保员、仓库保管、放水员、林带组、菜园班等等，位置少，总要有点来头、关系，这样那样的花头才能坐上去，有的已经在"拼爹"了，关系从上海来，从县上来，从父母辈的亲戚中来。

　　后来有点出息了，挤进了上述行列，就越发感到其中的差别和苦乐。对于那些想尽办法入列其中的人也就多了一些理解；对于僧多粥少、无法入内的心存不忍；对于大多数仍在骄阳下、在冰雪中劳作的人更是多了一份同情。从城市到农场的感受或敏感度要远远超过生长在农村，习惯于农活的人，有比较就会有竞争。

　　现在想来，"拼爹"当时就有，更包括以后的农场"上调"；表现形式则随时代而变化。

"外国礼拜"

下雨,在农场会带来不同的心态和感受。夏天时节往往在午间光景大雨倾盆,然而多为阵雨,时间不长就打住了,蓝天白云,空气清爽,于是照样出工,该干什么干什么。

开河挖沟,下着雨,有时也得照样出工干下去,不能因雨而影响或毁去已经动手的进程或成果,于是淋着雨,人难受,路难走,活难干,时常连连摔跤、滑倒,成为一个泥猴子。

在农活不多或农闲时节,下雨变为"外国礼拜",可以不出工,猫在宿舍,自行安排时间,作一下时间的主人,于是打牌、看书、下棋;睡懒觉、讲大道、喝小酒等等。有时候因连续几天的雨而不出工,那就太爽了。因雨泥路难行,于是互相带饭、或开开小灶,买点东西在洋风炉上烧烧,可惜当时没有火锅一说或流行,不然肯定会大行其道。也有不怕下雨路滑的人,于是去了场部、洋桥、镇上采购,三五成群在草房里开席,于是菜香、酒香、声响,说说道道,争争吵吵,十分热闹。我不常参加此类饭局,也不太会喝酒,但是喜欢这种亲密、欢乐的氛围。

调　　解

　　担任了连队干部,田间的劳动相对少一些,但要揽上些管理、协调、外出开会之类的事。记得有次处理崇明人老职工两家人的吵架事,有点意思。

　　两家都是当地人,"小家户",喉咙一个比一个响,都是挺厉害的角色。为什么事吵起来,我已记不得了。两家找到连部,在广播室互不相让,当时我在,自然出面挡住了他们;广播没有停,激烈的吵骂声通过大喇叭传向四周,惊得我立马赶上去关掉广播。闻声赶来围观的人多了起来。我也不想与吵架的双方多说,就让他们先冷静下来,简单讲一下事情经过及由头;之后让他们各自站在对方的立场,看存在什么问题、怎样的错,要怎么改,最后应该怎么办。

　　说着说着又起争执,我的态度也很明确,再这样争执下去我就不听了。最后双方冷静了下来,说了各自的不足。"那么怎么办?"我问道,他们你看我,我看你,不再吭声,我对他们说:"回去想明白后明天再解决。"一场紧张的大吵就这样平息。在劝架过程中,我亦被骂得狗血喷头,但是这种民间的、随机的、没有根本利害冲突的吵闹根本没必要去一是一、二是二地评判谁对谁错。

上　　调

去农场的当年就开始有了上调*，七零届离开农场早的人大约只待了两年多一点。当然要有条件，或困难或有特长或戴帽下来或有领导关照。

留在农场种地的万般苦与调回上海的种种甜反差实在太大，上调便成为众人心目中的头等大事；然又有点神秘，多数人对此无能为力，毕竟有能耐的人少，也就只能听天由命。一年一年捱，一批一批轮，以致"手拿铁锡柄，心里冷冰冰"。

七四年我当了连队干部，一次有人找上门称我老汪，希望能照顾一下其女儿的上调。当时有定向抽调人，数量极少。此家长灵活，有点本事。我知道自己说话没什么分量，连忙解释：困难了解，该怎么样就怎么样。并谢辞了礼物。

在上调中免不了会帮助一些人，影响或妨碍了一些人，包括在时间上、在去向方面等等。记得上海电视台在市属农场招人，明确每个农场仅招一个人。我所在连队有幸得此机会，我具体参与了此事，在成功推荐一人之后，听说可能还有一个名额，我当即征求连队领导意见，旋向场部有关部门和领导推荐了连队的另一个同志。因为我们的工作踏实、积极认真，场领导也认可了我们的推荐，结果连队有两个人去上海电视台，当事者高兴，连队也荣光。电视台从市属农场招人，恐怕这也是特殊的：一个农场两个人，两个人一个连队。

有人高兴有人愁，一次在会上连队的某副连长很不客气地说："上调不要都照顾关系好的人。"他当然有所指，但不必由我出头，因为我不是老大，没有主政一方。

也有的人当时不怎么走动，联络，也不了解情况，数十年后相聚、走动多了，一次某人居然说道："你没有帮过我的忙。"（我知道指的是上调）一时让人无语。

---

* 指知青离开下乡地，被调动到其他单位工作。

骤起的哭声

开南横引河时，我已调长江农场一营营部，从事宣传、工会等工作；也参加了营部的开河（某一河段）指挥部。

我的老连队，十连又叫老七队，一位七五届的女职工人小体弱，但也倔强，挑担扛泥不示人后。崇明的开河都在冬天、农闲之际。水利是农业的命脉，崇明因土质特性，总要隔三岔五（以年度计）循环开河，有老河去污泥掏深，有平地起锹开的新河。天寒地冻，风雨雪霰，人年轻，一个团体，还有好胜心，赤足、单衣，比着、赛着挖泥、传泥、挑泥，场面热闹，尽管人很累。南横引河好像是老河，泥泞、陷脚，女职工一般两人搭档挑泥，一不注意会因为脚步跟不上趟而踉跄或绊倒，于是一身泥，手上、脸上都是，有的在初时会戴口罩、手套，时间一长根本没用。一天女职工的父亲从上海来，我陪他去开河工地，女儿看到父亲，一下子哭出声来；哭声会传染，蓦地多位、一簇簇围聚在一块不禁都放声大哭，工地的空气一下子凝固了。父亲也掩面而泣，他不会想到农场、知青、女儿的辛苦如此这般。一些男职工也不由得眼眶噙着泪花。

连队的领导也没有说话，也说不上什么话，恐怕也不能说什么。

晚上在营部开河指挥部的宿舍里，有人提及此事，众人一下子默然，话语、气氛都停顿了。

一块砖

调到营部工作的那几年,理论上说是受到领导的器重或重用,但搬用现时流行的话语说:仅是一块砖,哪里需要往哪里搬。

不久我被任命为营部驻四连工作队副队长,兼党支部书记,同去有倪兄、王姐等人;工作队队长由营总支书记老杨兼,他不去连队,至今我亦不太明白要去解决什么问题。原该连支部书记早已调任副营长。去那里自然也有认识的人,一起商议工作、一起研调,也参加各排的劳动。

工作刚刚进入正轨,忽然又奉调参加市委工作队,于是随着工作队进驻新海农场,到这里,去那边。市委工作队是 1978 年组建并派出,主题是开展党的基本路线教育。当时已粉碎四人帮,市委由彭冲同志主持工作。而我们市委工作队的领导是市商业局的领导高岩,分队长是南市区委组织部副部长老沈及长江农场党委副书记李振隆。说起来也奇怪或曰:巧。在以后的日子里我居然与这三位领导都有联系或接触。我到过市委机关工作与南市区委宣传部胡部长提及老沈队长,也去拜访过他;我在市商业党委工作,高岩同志是市商业一局的离休干部,在春节市团拜会上也有过几次见面。至于李振隆书记则在税务部门,联系更多些。

一块砖被搬来搬去,搬出了名堂,去筑墙,结果成为一片墙;砖与砖之间变成了墙与墙。一笑置之。

在营部的那段时光

在营部负责过工会工作，农场工会的事说大便大，说小便无。场部很规范，营里就一两个人带带过，连队则完全按照需要、可能，点卯应景。

在营部时根据领导的意见搞过一次运动会，靠一些连队及体育运动的爱好者，也办得热闹非凡，并就此形成一支很好的骨干队伍，一些连有自己的拿手戏，或篮球、乒乓，或田径、广播操等等。只不过农场是一个过渡性极强的营盘，农场职工似流水的兵，随着上调、高考、顶替，忽喇喇，人去楼空，营盘闲置。变动影响格局，为适应新的人生考验，许多人的特长就此被忽略或舍弃。也因为这种巨大的变化，一些志同道合的年轻人就此走散，互不联系，成为不再牵挂的路人。几十年后产生了各式各样的联系、联络方式，重新碰了面提及当时，只剩下平静的回忆或口头的"辉煌"。

我有幸参加农场局的影评小组，承蒙农场工会周、张领导的关心，时不时地回一次上海，专程看电影，事后写出影评文章，交账了事。记忆中有朝鲜电影《空中舞台》《摘苹果的时候》；可惜这样的时间不长。营部另有放映队，王兄就是安排着去各连放电影，很早就认识，住在一起就有更多来往；又因为专门看电影，要写影评文章，所以也就交流更多，专门性和普遍性相交融，成为好朋友。他曾经很认真准备应考，我则吃不起这个苦、也没有开窍，总觉得不可能一辈子在农场工作、生活，所以不作其他考虑。王兄参加高考后去了上海，后来在上海电视台工作。联系及友谊延绵至今。

饭堂在马路对面

营部的生活环境小巧方便，进入大门，坐东朝西、坐北朝南的两排平房构成一个夹角；朝南一块小园地，再前面是河浜。门前是堡镇到长江农场场部的堡江线、从新开河到长江农场的新江线的出路，几处都设汽车站，交通十分方便。营部又有一辆两吨位的汽车，需要时领导发话便可以使用。

穿过堡江线的公路是洋桥商店，买点饮料、酒、糕点、水果及针头线脑，是农场职工常去的地方，再往东一些是一营机耕队。走过新江线的马路便是营部小学、理发店、针织厂及食堂，还有家属区。

时间长了，大家相互了解，饭是在针织厂食堂打的，一起排队，大家很客气；有时候走在外面马路上相遇，也会热情招呼，有的顶替回了上海还有走动。营部还是针织厂有个卫生室，若有不适、感冒咳嗽之类的就去那里就诊，配一些药。卫生员姓古，属比较少见的一个姓。针织厂有不少年轻干部，才干不错，恢复高考后或调入市农场局后，都有很好的发展。

针织厂领导的姓名已经忘了，年轻的那位吴兄一直有联系，曾经托他在聚会时问候诸多老朋友、老熟人，那些在一个食堂同吃一锅饭的场友。不过我亦想，能够知晓、忆及的人恐怕也不多了。

定　干

　　农场局根据市里的精神在崇明县城南门开的"定干"会议我没去参加，大概有工作上的冲突什么的。三十二连支部书记在会上慷慨激昂地表示："顺应时代脉搏，听从党的召唤，跟着毛主席干革命，农村农场需要我们，年轻一代理当成为社会主义新农村发展的主力军，舍我其谁?! 我们要战斗在广阔天地，一辈子扎根农场。"会上有领导讲话，"定干"始成现实。

　　所谓定干是指1974年之前担任农场连队干部的人员，范围一经确定，不能上调。一时想法多多，尤其在已经有了数年的上调上海工矿、单位的情况下，许多人想不通；也有许多各方面条件不错的人对于入党、当干部更为谨慎；客观上也少了想通过入党、当干部以谋更快上调、去更好的岗位、单位的人。

　　农场也要召开相同的会议，要求我上台发言表态。准备了发言稿后还专门进行了试讲，场党委书记范钦山，宣传口负责人周梅君把关，虽然我的普通话不标准，但他们认为作为交流发言问题不大，于是拍板定下。讲的什么内容具体记不起了，主题是扎根农场，建设农场。

　　随着日后形势的发展，那些包括征兵、上调、保送工农兵大学生等等，在定干的范围内都成为了"明日黄花"，不再出现，不再成为话题。

参加市委工作队

我参加市委工作队，在新海农场轧花厂的时间稍长，成员有农垦系统、市、区机关的，因为是临时性的任务，相处都较为客气，讲得拢多讲几句，讲不拢客客气气。我们这些农场来的人，也不会将此与今后的路、发展挂钩、着想；而来自市、区的人既有优越感又较多考虑今后的提拔、进步，所以待人处事便有所不同。尤其表现在对待自己所在分队领导的态度上，一边是听话，十分的听话；一边却较为随便。

因为伙食不好，所以我们便盯着担任农场党委副书记的分队长想办法，结果搞来了不少皮蛋，当然钱是付的，但集中在一段时间里吃多了皮蛋，于是便产生了排斥，闻着味道就吃不下饭，这种情况在多年后才有改变。当然来自市、区的队员则从上海家中带着食品及菜肴来，好像也没有如此吃皮蛋，也许他们不屑如此之类的小事。

返城后，与南市区的几位较年轻的队员稍有几次联系，记得其中一人曾是豫园的领导；如今姓甚名谁也都想不起来了，估计也差不多退休了。

在市委机关工作阶段，知晓原分队长老沈还在南市区委工作，好像也见过一两面，不过也不热闹，聊不出什么来。

一本书的遭遇

1978年，上海市委决定在全市范围开展党的基本路线教育。我被抽调去市的工作队，进驻新海农场轧花厂。有几个月时间住在厂里，结识了该厂职工陈实（住上海黄浦区顾家弄），其人喜欢文学、美术，闲时多有琢磨。有一次在聊天中提到读书，谈到了苏联作家法捷耶夫的《青年近卫军》一书，我说有过这本书，是花了五毛钱有同事硬要我买下的。他笑了，说起同样这本书，被其同事两人因为打赌而消失。同事甲说："你懂吗，看得完吗?!"同事乙回答："看完怎么办?"打赌的结果是，乙君每日如厕，撕一页、读一页、搓一页、扔一页。居然也把厚厚的一本书读完（用完）了。

将近四十年后的一次聚会，我遇上了当时新海农场轧花厂的老王（此时他是一家公司的老总），提及陈实，其表示很想找到他，我说他后来出国了；撕书如厕的事王总也想不起是何人的"杰作"。

"姜牛皮"

姜牛皮是队里的老职工,头上带"颜色",属被监督、改造的人,因何戴上"帽子",先前干什么的,无人知晓。只见他才三十多岁的人,萎萎蕤蕤,担惊受怕,一脸苦相,十分见老。在我们这些十七八岁人的眼中,一如今日的老年人。他有点文化,很会说话,聪明又略带狡黠,平时穿得有点破烂,妻子儿女在上海,经济上有点紧,月底时还得借些饭菜票混上几天。可怜兮兮但会保护自己,与各种人的关系也都处得不错,也就没有人格外地找他麻烦。

我见他学识不俗,为人低调有一种故意委屈自己的做法,在当时当然是一种保护自己的好办法,有点同情他,又在一个生产排,一起干活、待的时间就多了些;也曾经问过他的情况,他避而不答,旁人也说:"他不会讲的。"

干活时他悄悄在一边,尽量不让人注意,不会卖力,也不会偷懒;但凡重活也都会由他人助他一臂之力,于是他会奉上他的定牌香烟:"勇士"牌一支,农场知青很少会抽这一角三分一包的烟,于是他会抽上别人给的"牡丹""大前门"烟。

在他这种年纪或经历,总归也有些关系,不久,"姜牛皮"便调到其他农场去了;以后也没有再见过面。现时若在的话,要有八十岁以上了,那"帽子"早已摘去了吧!

电影故事

　　农事忙起来之前,在棉花种毕、秧田做好、麦子未割的一大段时间里,干得较多的活便是积肥。肥料对于农家之必要以及积肥的重要性在干部、职工的嘴里都能够说上一套一套;然而真正干起这个活来,毕竟因为时效性不强,节奏也就放慢许多。当大伙儿三五成群,提着镰刀,挟着麻袋,四处去割青肥时,更是笃笃悠悠。虽然有任务,但好像也不难完成。

　　记得那一次,我、阿为、济平和"坏分子"姜牛皮结伴外出割青肥。从林带朝南,从南河沿折返,在北河沿的机耕路上,阿为提出歇一歇,于是大家就在一处洼地里半坐半躺。和煦的阳光,撩人的春风,舒坦放松之余,阿为提出让姜牛皮讲个故事。在劝哄及屡屡敬烟之下,姜牛皮讲的是电影《一江春水向东流》,他绘声绘色地讲起那一个个生动鲜活的人物,那逐渐推进演化直至高潮的情节、矛盾……吸引住了我们。在老姜半卖噱头半放刁的情况下,阿为的半包牡丹烟没了,香烟抽光,故事也随之刹车。他还大惊小怪地说:"啊呀,我肚子饿了,大家快去买饭,下午还要干别的活。"当下我们悻悻而归,谁也没接姜牛皮的"彩色翎子"。

　　以后我们相继听他讲了《魂断蓝桥》《乌鸦和麻雀》等,当然烟是少不了的。姜牛皮还很当回事地强调:不能外传,不能告密,谁讲出去给他带来麻烦,他会死不认账,"反正,死猪猡不怕开水烫"。

　　十年浩劫后,我先后看过他当年讲的那些电影,发现他居然讲得一丝不差。我很佩服他的口才和记性。

通讯员学习班

约在 1973 年末,我参加了农场举办的通讯员学习班,来自各连、营的人不少,有的连队还来了两三个人。多年以来许多人已经想不起来,只有当时十六连的阿德、曹居竹,五连(新七队)的金水还有点联系。

学习资料是农场宣传组自己编印的材料以及《解放日报》编撰的一些新闻报道的案例。上课的是些外请的老师或宣传组的人员。这些教材前几年在家中还有找见,肯定还在,只是不知放在哪个角落了。

与金水的联系断断续续,后来我当了连队干部他有时也来吹吹牛,喝点小酒;挺能干的一个人就是没有被重用,有点牢骚;但我也帮不上忙。他后来上调去了市煤气公司本部工作,处境为之一变,混得不错。随后就慢慢冷下来,直至断了音信。

曹居竹是个老高中,"居有竹",看着这个名字,家中属于有点文化的。阿德与他同连队,很敬重这个曹姓老大哥。在与阿德不间断的联系中,也经常问及居竹兄的情况。直至近几年的一次十六连的若干人的聚会,我也参加了,看到曹居竹,阿德也介绍了过往,但曹居竹全然记不起来了。可见单向一侧的想念、忆及往往会落空,或者说没有必要,这里可以有点"断舍离"。

阿　　德

阿德在农场发展得很好。在农场参加通讯员学习班后的短短几年中，担任了连队干部；以后又调去别的连队、农场团委、工业营、农场局等等。

记得我曾带着几位同学去其处买鸡、鸡蛋，在春节前带回上海；多年后提及颇觉有味，他和我的几个同学偶尔还有碰头。

我顶替返城后，处境有点糟，他给我送来字帖、笔墨，觉得我应该练字或有所图谋、有所消闲。我结婚前他又寄来了缝纫机票。

有趣的是若干年后我们又成为一个系统的同事。阿德在市开发区工作，遇到难事或政策方面的问题，我也帮他找人咨询、协调。闻说他忽然抱恙，我连忙赶去。他的女儿很优秀，有专业能力也有想法，有去处但有难度，我和有关方面的领导协调，如愿以偿。

阿德的头脑灵光，在企业经营、业务开拓方面游刃有余，在家庭理财方面也颇有经验和心得。周围一些新老朋友、新老同事都很佩服他。我也经常听到我的一些新同事说起、提到他，并表示要介绍相识之类的，那时那刻我不由莞尔。

我与阿德就是属于那种平淡的、悠长的、不断的老朋友，可以长期不碰头，但互相是放在心上的人。

老　朱

　　王洪文到农场来视察发生在 20 世纪 70 年中期,粉碎"四人帮"的前一年。当时农场上下均作为一件大事来对待,我们连队干部分别去路口担任纠察,维护交通秩序。

　　任务完成后回到连队,就听说菜园班的老朱喝农药自杀了,当即由人高马大的连队干部背着他向连队河对面的崇明县第二人民医院奔去;虽经抢救,包括洗胃等等,最终无法挽回老朱的生命。好在当时上面也没有将此与王洪文来农场视察的事联系起来,戴什么"帽子"。老朱是个老同志、老党员,原是生产排长,后因年岁大了,调去菜园班负责,他业务熟悉,肯帮人,态度平和,有点威信、人望。向营部汇报后,领导指示要处理好善后,并将营部的"二吨头"车调来使用。我和其他几个同事送老朱遗体去新开河的火葬场。"二吨头"的车厢朝车头方向要低一些,我站在车头后的一边挡住车栏杆,担架上老朱的身上流溢出的液体不断向车头方向流淌,我穿着拖鞋的双脚几乎被浸泡在这种液体中,当时也没有想法,到了火葬场也就用清水冲了一下。

　　老朱去世后,他在农村的家属来了几十个人,会议室挤得满满的,问情况、质疑、谩骂、提要求等等,我主持了对话、接待。虽然激烈,最终还是解决了此事。

　　大家都在问:老朱好好的,为什么会寻短见。这个问题也真难回答,有说家中有情况,老朱夫人的户口在农村没法进入农场;有说老朱因为身体不好,年纪又日见老去,有点悲观;有说他农村家中的房子破旧,要……真希望当时的老朱能想开一些,有些在彼时被看成难而又难、几乎不可逾越的阻碍、问题在隔了一段时日可能会因情况、条件变动而变化,会有转机出现。

　　可惜了。

冬　泳

　　风雨中,甚至飘雪的时光,隔壁宿舍的章兄依然下河冬泳,只见他急匆匆裹着毛巾,手持脸盆往宿舍奔去的样子,心里除了钦佩还有点想不通:何苦来哉?! 这其实也是他的日常刻苦磨砺自己的方法之一。

　　其家教很好,为人诚恳,表象木讷,其实心思透亮,有一种不闻窗外事、我自有主张,从容应世的感觉。放在今天说,内心强大,我行我素。其于工作之余,读书锻炼,不抽烟不喝酒不打牌,不苟言笑。我与他之间很客气,可以聊聊谈谈诗书。连队里搞大批判、出黑板报之类时,我们也一起干,记得一次他说"拔苗助长"不妥,真正的应是"揠苗助长",其中的"揠"字与拔是有区别的,对他的认真和讲究,印象很深。

　　上调后的他据说又去了日本几年。说来也巧,多年以后,他居然与我的弟弟在一个单位,我弟弟成为他的领导。我向弟弟提及章兄的既往,他们之间相处得也很好。不过我与他好像也没有见过。经常性的农友聚会,提到他的也很少。

　　章兄的父亲曾是美术电影制片厂的资深导演,母亲的名气更响:赵抒音,著名演员;家住衡山路、高安路一带。在农场时候我曾去过他家讨教,当时章兄已经上调在上海工厂,他很客气地接待,与他母亲也有交谈。

场部的几位朋友

同学李兄调去农场场部机关，也常去串门，认识了他的室友和新的同事，有些也比较投缘。年轻人在当时尤其在没有利害冲突的情况下容易沟通，大家都有能力、抱负或职务，相处便会更自然、更融洽一些。

由此认识了陈齐，他当时在场部新华书店工作，经常去聊天、购书；也熟悉了他的同事小崔。在当时出版的有限的图书中，我尽可能挑一些自己喜欢的书，或者在店里浏览、阅读一些书。这是农场生活中的一种调适，对日后而言，也能成为一种助力、加油。后来我们都返城了，仍有走动，相互通气。尤其小孩读书、考大学时安排在一起请人（也是他小时候的同学、邻居）帮助分析和解释填报大学志愿的方法和步骤等。在工作中但凡遇到什么事，互相也做到了坦诚相见、热忱相帮。

其父陈晏，著名的工人诗人，笔名不少，其中"青未了"用得多一些。陈晏亦对我很好，在写诗、创作等方面给我帮助、指教。陈齐本人见识也广、头脑灵活，但低调也随意，没有想入非非、好高骛远，也能踏实做好本职、尽到本分。有一次他出国出差（时间较早），去了日本，在一家餐厅用餐，邻桌的一位日本老先生观察了他好一阵子，上前赠给他一个金戒指，通过翻译，说他相好、人好、心好、运好。

也曾问及李兄同宿舍的那些人情况如何。有的自离开农场就没有联系，陈齐亦不完全了解。问及女同事小崔，陈齐说她嫁了个好丈夫，是上海某局的党委书记，原农场的老同事、旧识。说起来此人我也知晓，不过见面时从没提起过。

诗人陈晏

在陈齐的引荐下我认识了他的父亲、诗人陈晏。老陈见我有点写作能力或悟性,鼓励我写些东西,包括写诗。当时自己年轻,记忆力好、肯用功、勤动手;记得仇学宝(亦属工人作家)来农场作关于西沙之战的报告时,讲得精彩,听得认真,回去后就靠着回忆,记满了几张4开的白纸。

得到老陈的鼓励和帮助,我曾在《文汇报》《解放日报》《少年文艺》发表过小诗(四句一首)。在他主编的《星星花为什么这样红》(少年儿童出版社出版)的诗集中收录了我的一首诗。我也曾在他的关心安排下,从农场借调到少儿出版社改稿;那本集子中有李小雨的诗《叔叔给我一件旧军装》,她是著名诗人李瑛的女儿,后来成为《诗刊》的负责人,前几年英年早逝。集子收有四十三首诗,常常是老陈修改、审定后,由我抄写誊清。借调期间还帮助做了别的文字工作,老陈改过其他不属于集子内的诗、文,如赵丽宏的诗(此人以后成为著名作家,上海市作协副主席),在誊抄中发现赵的字清秀,文字虽稚嫩但有生气。若干年后与某领导提及此事,被批:"你为什么不坚持下去?!"无语,也是!

借在出版社足足有一两个月,无法再延长,要回农场去。返城后去老陈处便少了一些,但他仍一如既往关心我。在报纸上发表诗作、借在出版社改稿,这些在当年是十分光彩、有影响的事,这全是靠了老陈的提携和促进;想到这些,我十分感激。

杨书记

杨书记年轻时入伍当兵当成了干部,转业去了农场,他本人是浦东人,夫人也是浦东人,但在崇明农场工作。

先是在一个农业连队当领导,后来到了营部当总支副书记、书记。他脾气直爽,处事果断。因为工作中有所联系,也因为我所在的连队离营部近,再加上有熟悉的领导在那里等等关系,我便被先借后调到营部,从事些宣传、工会、打杂的活;经常奉命跟着领导下连队调研或代为出席些不太重要的会议。毕竟在一个小院落里工作、生活,大家变不熟悉为熟悉,有时杨书记家有了好菜也会把我们几个年轻人叫去吃饭。工作上得到领导的认可,相互间的关系更加融洽。

随着恢复高考、上调、顶替,农场开始式微,不再如以前那般热闹;在大变动中他去了一家基层工厂当领导。以后联系便少了。也有消息传来,总之有点不太顺的感觉。不知是退休还是调回,一家人回到浦东,当过社区领导。参加过他曾经担任领导连队的聚会;也去过他家;他也曾约我去与他朋友一起见面谈事,没有帮上什么。但看得出他对我这个昔日的部下现如今混得还可以的人对他的敬重是很高兴的。

大约十年前的一天,我参加单位的一个活动,晚上住在浦东,饭间接到杨书记爱人的电话,甫一接通就闻大声的哭泣,她告诉我老杨走了,应该说很突然。我当即向领导告假,驱车去了他在浦东花木的家。同时我还联系了几个与他走得近的老部下。到了杨书记家中时有几位已经赶到,听着情况介绍、丧事安排;劝慰杨夫人节哀。他有两个儿子,发展得一般。

参加过追悼会后,就没什么联系了。面对那些一同参加杨书记追悼会的当年农场领导、同事,总有点淡淡的疏离。离开已经二十多年,老的老去,年轻的也不再年轻,平时又少有联系。大概这就是人生的一个段落,但肯定摆脱不开,藕断丝连。

裹　　蛋

党的基本路线教育工作队有一同事也是外贸口下放的,瘦高个,专业人士,头脑灵活,很会过生活。

在新海农场灯泡厂(或玻璃厂)的一段时间里,因为近农贸市场(菜场、集市一类),他经常去购物。外贸干部下放,工资要比我们高许多,其年龄又大我们不少,所以经济条件很好。节假日返沪,他会买上一大纸箱的鸭蛋,有几百个之多;又恐怕路上碰碎或纸箱碰坏,他居然找来报纸,扯开,一个个地裹蛋,耐心之好及细致之至,看得我们无话可说。

此君能说会道,口头常挂着的一句上海话是:不要五斤哼六斤,加起来不过十一斤。其也孝母,对离开外贸、离开上海不甚满意,希望早日返岗回沪、照顾家庭;有时牢骚、怪话多一点。

此君好像姓柳或吕,返城后没有联系过,好像也没人提到他。

一黑板

初到农场工资一个月十八元，虽低，但在 1971 年的当时也没有什么比较，好像也不算太少，要知道鸡、鱼、肉、蛋的时价！仅举一例：黄芽菜（即大白菜）炒肉丝为六分。前几年几个友人在上海宾馆吃饭，行将结束时，突发奇想，问有否黄芽菜肉丝一菜，说有，叫烂糊肉丝，价格为七十八元。菜上来后，味道一般，没有猪油的香味，好像勾芡也不行。但与当年菜价相差 1 200 倍，那么工资有否如此倍数（指社会普遍情况）?!

当时，连队食堂小黑板上写着一天可供的荤素菜及汤，职工间说起大话、打赌或请客："一黑板"。其实在今天实在算不了什么：排骨 0.18 元，红烧小肉 0.13 元，偶尔有小蹄髈 0.60 元等等。真正是此一时、彼一时。

加饭去

年轻,体力消耗大,饭量自然也大,一顿吃1斤或1斤半米饭不在话下;逢到新米上市,饭堂里就餐的人一般都会胃口大增,本来就着霜打后的青菜吃新米饭就很香,何况以一些荤腥佐餐。而这种荤腥一般又以红烧小肉为多见、为主打(红烧小肉是农场职工共同的美好记忆),与饭堂炊事员关系好的一客小肉会多打一些,再加上些许肉汤,饭又要增加几两。也有能把持住自己的人,很少吃小肉,饭也不过量,然而此中的乐趣却也难以品尝。

经常从草房出来,敲打着搪瓷铁碗,在乒乒乓乓的声音中,有人亮一嗓子:走,加饭去,加菜去。会有人跟上,有点声势,跨过水渠,鱼贯走进饭堂,选取菜品,付费取物,以饱口腹。

看今朝,想当初添菜加饭的人也不见有多穷;当初节俭,舍不得吃小肉或添饭添菜的人也不一定会有什么大钱。世事难以说得明白。

酒　酿

　　农场秋收后,新米虽然不及记忆中的学农于松江古松公社时吃过的"老来青"那样糯、软、香、滑,那么油光光、亮晶晶,入口不需菜送,肚中的馋虫便会将其往胃中拖拉去。但总归好吃,肚量就放宽,虽然可以不用菜即可吃下肚去,但有菜佐助不是更好? 于是饭、菜票就多花了,超额并透支。

　　那么好的米饭还可以做酒酿,于是一大面盆,足足有十多斤的米饭就被酒药拌和了,并保持一定的温度焐在那里。几天下来,香味渐浓;酒酿熟了,香飘四邻。农场人喜欢热闹,隔壁宿舍的、自以为可以进来的,纷纷来尝新、吃要。我们的宿舍一般不锁门,所以不时就会发现大面盆的酒酿在减少。总归那么回事,欢喜而已。

　　其时我不怎么会喝酒,但对酒酿却喜欢,把它当成了酒。农场中喝酒厉害,啤酒、老白酒、高粱酒(小炮仗)都有拥趸。后来,喝酒了,而且多,但却没有瘾;而酒酿却不怎么吃,好像也不太喜欢了。

当年的美味

食堂采购员岗位是美差。去农场两三年后，人头相对熟悉，我的一些同学也陆续混上了好位置，如老虎灶、开拖拉机等，有时也能借点光，和他们一起坐坐、吃吃。

记得有一次采购员（老三届）安排聚餐，用洗刷干净的洗脸盆盛的葱烤小排，酱油不多，色偏淡，味道很好，因平时"饿"，所以一时口齿留香，印象深刻，把旁边的毛豆芋艿、小毛蟹都比下去了。

2013年春节，通过平时联系多的几位农友见到此位仁兄（他们是同学），其仍好客，邀去其家餐叙。席间提及此事，他完全想不起来；估计一者时间太长，二者此等事在他那当时颇多。

吃一只鸡

在农场总感觉饿,当时知青中有一个典型的说法:到崇明只要一上码头,吹着那些风,立马就会感到肚子饿。

那时饭食简单,人年轻,消化好,嘴也馋,活又重,所以想吃、敢吃、会吃。上场部小吃;去附近镇上买鸡蛋、小毛蟹,只是受囊中羞涩的牵制,所以去河沟里摸点鱼虾。开河开沟挖掘到野生的黄鳝或甲鱼,那便是喜事,在自带的洋风炉上烧着这些美味,香气飘荡笼罩几多间草房,闻其香无从入己口是一种极致的诱惑。

有一次,当时我已在营部工作,回到连队与戚兄谈天,一时兴起,也是嘴馋、有趣,到老职工兰芳家中,各自花两元钱买了一只鸡,并请她帮忙杀、洗、煮熟,大快朵颐,杀一杀馋虫。可是面对一只硕大的鸡和一锅喷香的鸡汤,手撕嘴嚼,从大口到细咽,从猛到弱,从快到慢,终于因为眼大心大食肚小竟吃不下去,后来怎么处理的也早已忘记。

事情发生在 20 世纪的七七或七八年。两元钱不算少,鸡也不算小,觉得物有所值。那种等着吃、紧着吃,从大口食到小口咽的滋味和过程足够值得回味,不论时间、环境的变化。

面疙瘩

20 世纪 70 年代中期,我参加了上海农场局干校学习。当时长江农场去了一批人,带队的负责人是二营党总支书记朱行璋(市外贸口下放的老干部);学员有胡延照、厉忠英、杨扣女、小魏等。学习集中地在七宝农科院,后来去了前卫农场调研。

去的什么连队(单位)现在已记不起来。但该单位支部书记对饮食有要求则印象很深;尤其对"面疙瘩"(一种面食)有过几句话,至今不忘,特录如下:

汤要清,

油要黄,

菜要绿,

面要硬。

吵　架

　　隔壁草房在吵架，进而互相殴打，两人都是同学，有点蛮力；在连队中有点小名气，原来在学校、街面有点人气。为什么吵、打，因为赌博，一者输了钱，欠债不还（也许是难还、还不出），不还的同时还有开销花费，所以另一者（赢者、债主）忿忿不悦，上门讨债，言语不合便扭打起来。

　　赢者气盛，一下子把输者的饭菜甩落在地，输者总归是心怯气馁，不敢放手放胆一搏，但一口气还是要争的："菜有菜价钱，肉有肉价钱，总归有一笔账。"

　　也许当初说的人已经忘怀，两个打架对垒的人也会再次多次碰头。我却清晰地记着这话，并认为很经典。

硬　币

　　一个集体宿舍住上五六个人，总归有心相对不拢的，间或其中有的人懒、贪、馋或动点小脑筋，一般也不会当面锣对面鼓地说开，毕竟人都要脸面，又是同事同住一室；但不甘心如此局面的或想把事情弄弄清楚的人还是存在的。

　　一次在打谷场上扬稻，某女要回次宿舍，素来对其不甚认可的另一女生在其返回后亦去了宿舍，不多时便返回，悄悄地传说：五分钱没有了。闻者一时不悟。探究之下才获知，另一女有个饼干箱装有炒麦粉，因常常发觉会变少，就用五分钱的硬币，在炒麦粉上按下了正反两个图形。此番尾随回去一看，五分钱的二个图形都不见了，坐实了某女的嘴馋，找到炒麦粉会变少的原因了。

　　闻者一时发噱：好聪明，真正的斗智斗勇，设局破案。事情没有闹大，排除了让某女知晓及可能带来的尴尬。只是同宿舍的女生此后各自警惕、谨慎了不少。此事多年后曾被提及，只是记得的人不多了，当然也不能翻开旧账，再就此来说事了！

验　血

农场卫生条件差，尽管连队有卫生室（医务室）、场部有医院；有一段时间，肝炎传染得很厉害，于是吓得大家纷纷去验血。有去新开河镇医院验血，估计是农场场部医院接纳不了。好像当时也并不害怕患上肝炎之类，想的是反而能开上病假，休息返沪。

我一次参加去新开河镇医院的验血，崇明岛上有公交车，但那时好像也没坐车，一路走着去。验了血后在镇上的饮食店打了牙祭，啤酒、炒菜之类，然后沿着林带路走向海边，很休闲地逛着。验血是就医，属公假。走过几幢四周打着高高围墙的宅子，地基也高于地面一尺以上，白墙黑瓦，高大敞亮；围墙内种着夹竹桃、竹子，十分醒目，相对我们住的草房，觉得这才是农家、田园，符合杜甫、陆游笔下的农村风貌。当即对此十分向往，我想其主人也必定属殷实富户。这种印象至今犹深，可惜无缘结缘。

此次就医验血的结果，就是一人得了肝炎，闻获此消息，既没有同桌吃饭的后怕，也没有羡慕的想法。此人的肝炎后来也不见有什么发展或后遗症。

公　　祭

　　周恩来总理逝世的消息是从农场广播中听悉的,时值清晨我们正准备乘车去开河工地。乍闻之下,木然、肃然,不敢相信。

　　连队组织了悼念活动,有的去了农场场部发出唁电,有的找来了很好的丝草做花圈。连队的饭堂通常也是会堂,能容纳四五百人,追悼会就在此举行。会场四周放满了花圈,会场正中的墙上端正地置放了周总理的遗像,其他还有挽幛什么的。

　　人多,空气不流通,虽在冬季也觉得很热,有点闷。追悼会结束后,人们纷纷走出会场,默默地,有的还在拭泪,只听见一青年大声说:解脱(放)了! 顿时引起许多人的愤慨,将他围上,责骂、推搡,还送上了拳脚。当然要拉开,但此人后来屡被批评,一段时间里日子很不好过。

　　多年后,农友间提及此事,大多有印象;但对此人系谁却有不同的说法,有点奇怪。时间的作用太大了。

溺　婴

农场青年人多，虽然农活繁重，毕竟年轻精力、活力过剩，喝酒打牌吵架谈朋友比比皆是，尤其男女之间的谈朋友如挡不住的潮流。混迹在男宿舍的女朋友为多，同进同出，用洋风炉做饭烧菜，忙个不亦乐乎，很像一家子；大家见怪不怪。因为有上调在那里牵制，所以还算有点羁绊、约束。

但把持不住的不少，常常就会发生一些叫人难以承受的事件，而且一时间影响很大。试举几例：

一般说来，农场连队所在地的东侧或西侧都有男女厕所，分门出入，多为蹲坑，下面是一个相连的蓄粪池。一次某连在清理粪池时发现了一个溺婴，大概掉入坑中的时间已久，用水冲洗后已经死亡。情况报到营部，领导派我去了解情况。这种事情一般难以查明，几百个男女职工，谈恋爱的亦不在少数。出了这种事不会有人出来指摘告发，连队干部也是能瞒则瞒，过关最好。我回去后写了个简单的情况，上报后也就没有了下文。

某连发生过一件事：冬日的某晚一女生在浴盆洗澡，洗完之后居然在浴盆里发现了一个婴儿，就这样在洗澡时生下来了，生时竟不知晓，倒掉洗澡水时才发觉。正应着了那句："倒洗澡水时不要把婴儿一起倒掉"的话。这个孩子当时好像也没有什么事，现在应该在四十多岁了。

某连有一对恋人女的怀孕后，就请了病假，在他处生下孩子，寄托给人家。其间没甚联系。多年后孩子找上门来，又因为大人内疚，情况也不错，孩子也可以，就彼此走动起来。这算得上一个较好的事例了。

踏　　空

我这里说的踏空,不是指股市中关于股票、投资(投机)什么的踏空,也不是指人生机遇、机会难得,失之于稍纵即逝间的踏空。我说的踏空是真正的踏空,试举两例。

初到农场,住的是草房。一段时间后,人员有了变动,原先挤得满满的草房也空了许多;于是闲着没事,开玩笑、"恶作剧",在草房里做文章。也不知道谁想出来的,在已经空置的草房进门处挖一坑,半尺、一尺深,下面铺点草,让人去其处取物或什么的,推门进去,一脚踏空,掉入泥坑。那时年轻,好像也没有伤筋动骨的事发生。上当的猝不及防地掉入坑里,大家一阵哄笑。到后来上当者也不多,而此事毕竟不地道,不讨好,也就慢慢停止了。

有一家花园别墅式的酒家,小有名气,去过几次;那里有几个房间,推门往里,脚下却是几格往下的楼梯,一般情况下,平步进入却遭踏空,轻者扭脚,重者摔倒在地。上过两三次当,摔过,但以后就小心了。如此踏空有多人多次。不知为什么,就是没有改过来或事先提醒。

军　　装

军装是农场青年干部的最爱，尤其灰色的列宁装样式的女军装更是农场女干部的标配。

这种情结恐怕不仅仅是当时农场的现象，放眼上海乃至全国，市场恐怕极其之大。我曾经整理过诗人李小雨的诗，内容也是写一个年轻人向长辈要一件旧军装。这与当时全社会崇尚军人，钦佩他们的功勋，膺服他们杀伐果敢的精神以及作为共和国的坚强武卫等有着不可分开的关系。

农场开会，齐刷刷地排坐着英姿飒爽，一色女军服的那些女干部，你真不知道自己身处何方。她们的那些军装也是辗转到手，很不容易。有当军人的兄姐、亲戚、同学，包括借、换、买、送，通过各种方式、方法找来的；有的传说，手段情节还很极端。估计不会去做，那样的话不像话，有辱斯文，若传开去，就是笑话一桩。

那些女干部如若想起当年的此事，不知会有什么想法？有机会找上人应该问一下。

学习材料

　　"文革"中,农场的每个职工都订有《红旗》杂志,作为政治学习材料;这里没有自觉或不情愿之分,费用是从工资中扣除的。每周或雨雪天进行学习,其中的重头文章是首选的,往往是梁效什么的。然而能带来杂志参加学习的并不多,因为杂志往往被人撕掉如厕后作为手纸消灭了。这当然是以男士为主。

　　在当时这种情况见怪不怪,习以为常。现在想来,说不出什么滋味;但肯定不会是出于对"文革"及当时的理论文章之类的反叛、抵制。

洋风炉

随着去农场、上山下乡，产生了一个非常时髦的活计和物件：敲洋风炉。

有点腔调或活泛点的人都会敲一只或带一只洋风炉去农村、去农场。当时很少有卖，而且体积也大，于是凭借手工，小巧玲珑的洋风炉大量出现。它的制作不复杂，需要空的铁罐（马口铁）大的、小的各一，一个炉盖，一个做基座的搪瓷碗（大一点的铁皮碗之类的），一些粗一点的棉纱线等，只要收集停当便可动手，当时也有擅长做此项工艺的人，有将此物作为礼品赠送他人的，而且受者也很高兴，因为派得上用场。

它用油，我们所说洋油即煤油、火油，大约名称据此而来。油是可以零拷，是有指标还是什么的，使用受限。靠着它烧泡饭，蒸炒点自己想吃的菜，睡懒觉的人、嘴馋的人少不了它。在寒冷的冬夜点燃洋风炉，整个房间便会有些暖意，一抹火油味和食物的香味混合在一起，刺激和兴奋人们的神经、肠胃。农场宿舍禁止用电炉，所以洋风炉是生活的不二利器。老职工（知青）上调或离开农场时，往往会把它送人或留下，因为带回去一则用不上，二则显小器，会被人诟病。

时至今日此类洋风炉很少见了，被时代、被生活所遗弃：锈蚀、损坏、被抛进垃圾堆。曾问及多人皆已无此物。也不知在今天名堂众多的收藏中，有无人涉猎此物，若有兴趣，弄弄干净，大大小小，各种样式，排列在一起也怪有趣味的。

还有现如今那么多人喜欢喝茶，用此物或将其作为泡茶、烧茶的工具，也许有别开生面之感。

扩音设备

农场时,聪明人往往在业余空闲时琢磨点事。记得当时还没有"小喇叭"之类的收录机(它的兴起应该在 1978 年或 1979 年后);王兄喜爱音乐,会装半导体收音机等,他为求音质、音色的优美,将收音机搁放在"粪桶"上,喇叭朝下,声音从桶里旋转而出,回音响亮,有厚、重、浑、醇之感,其音色比半导体要动听许多,而且那种律动、共鸣堪称"天籁"。当然所谓的"粪桶"是新的至少是干净的,就是一个大水桶;这样一来,化平凡为神奇,连队里的木桶也有了新的作用了。后来面盆也用上,但效果明显要差。

粉碎"四人帮"后,彭冲主政上海,派出工作队去厂矿农村,我去了新海农场。学习王兄的办法,将带去的半导体收音机(之前请我同学陶兄选购,大小似砖块,略厚、短些)横放在大搪瓷杯口上,喇叭朝下,便音色亮丽,共鸣有回音,起到了喇叭箱的作用。除去听音乐、歌曲之外,还听小说连播等。刘心武的小说《班主任》等就是在那里听的。当时工作队入驻新海农场轧花厂,如此使用半导体,在隔壁宿舍的农场职工中引起了关注。

去农场十年后的当天

我从 1971 年到农场至 1979 年离开农场，先后有九个年头。返城之后，去看看故地的想法也曾有过，印象太深刻了！从心理学角度说：印象、影响太过的事件或经历往往会在人的睡梦或某些特定的环境反复出现或被触发、忆及。我曾多次在梦中惊悉：顶替没有发生过，人仍要回农场或在梦中发现人还是躺在铁质的双人床上铺，被子枕席散发着带着潮气，散发着些许霉味。当然这样的梦在返城初期为多。

李兄发起的七〇届农场同学返连队的活动我也参加了。他安排了车、落实接待、联系就餐，一天整整二十四小时就在上海市区—崇明、崇明—上海市区之间度过。当时距去农场约十年，虽然热闹，但感触不多、不深，也就是去一次而已。

后来因工作及避不开、免不了的事由，多次去过崇明，总归提不起劲，像履行公事一般。又先后安排或陪着新、老职工，三五成群或集数十人之多去过农场多次，各自回忆、忆旧，想想在这里度过的多个年头总有缺憾；看看眼前的凄凉景色对照昔日的红火热闹，实在是物是人非。

也常听有人说：没有回去过，总想去看看。毕竟出来之后不是每个人都回去过。而用到"回去"一词，其实是把农场当家了，生命的组成部分、有限人生的一大块时间被分配、安置在这里了！当年是回不去了，想回去的只是理想化的非实际的当时当年。间或是想找个理由，在隧道、大桥上走一遭，领略当今交通的快捷，也不枉曾是一个"崇明人"。

比较闹猛、舒心的是 2016 年前往崇明看望连队崇明人老连长，八十出头的人精神很好，大家嘻嘻哈哈，参观了老人女儿为其营造的新居，又安排在附近的农庄用餐，大家找尽理由敬酒劝酒，不亦乐乎。

预料再去崇明的机会会有，但不会遭遇太大的惊讶、喜悦之类了。

顶替返城

　　顶替回上海是一个机会，属于国家的政策调整。返城成功一时居然有幸运之感，毕竟此前没有条件。工作虽然辛苦但也是自己找来的，所以只能认真去做。经过农场的锻炼和自律，自以为还算认真、踏实，也还能与基层店的领导、同事尤其老职工处好关系。

　　顶替后在基层店一段短暂时间的上班中，有几件事印象很深。一是被农场党委书记在全农场的干部会议上点名：顶替不一定比在农场好；有的在上海干得很苦，手上烫起泡，头上沾着豆沙。传言开来，我只有苦笑。点名后有几位平时相处得较好的其他连队的干部专门来店里看我；也有打来电话问候，说有什么事可以帮忙的，我很感动。有这份情在，所以几十年后还在走动。二是老同学、校友本人及父母、舅舅一如既往地关照、督促自己。我上班的地方距离朋友建康的家仅三五分钟路，有时候因为单位大扫除，我便会上他家借穿套鞋；彼时他已在复旦读书。其舅也常让我去看点书，报出书名或去借或去买，有时还予以点评、讨论。在《新民晚报》复刊前夕，还专门介绍我去，终因身份问题（集体性质）而未获成功。三是在工作中，几位大不了我几岁的老阿姐没有架子，予以点拨或指教，虽然这些活难度不高，但在很好的指点下，干起来就会讨巧和方便许多。有些人的印象至今还很深，如在眼前，不过却没甚联系。四是店周围的一些居民、老人也很关心我，其实相互没有什么关系和联系，其中有个行走不便的老人，有些背驼，经常坐在店门前西侧的电线杆下抽烟喝茶，看看望望；有几次他很认真地对我说："小伙子，不错，这里不是你呆的地方，好好干。"不知他的姓名，但借他吉言，在基层店呆了四个月不到我便被借调到区公司了。不知道老人家有什么预见未来的能力之类的，总之在一个人低潮或处境前后相差很大的环境中，能听到这种很暖心的话，我至今亦十分感激。

自　　学

那时上班不必用太大的心思、精力，因为一些工作都是熟悉的，得心应手，所以人就轻松、闲适。在顶替回沪的初期，尤其如此。

于是开始锻炼自身，早起跑步，从成都路北京路口往东到外滩，再看情况或跑回或乘车，并不觉得累。那时没有那么多的车，也没有那么多的人，更没有 PM 2.5 之说；也从没有听到过晨练不如黄昏时分锻炼效果好的说法。比起刚顶替的清晨五点上班来说，六点多出门已经是好得太多。

人的精神面貌好了，自然精力更加旺盛。图书馆去得多，看书甚至抄录。那时节尽管恢复高考，但"读书无用"的观念还是有社会基础或影响，也流传过一代不如一代的传说，社会上小混混多，有关方面也组织了"严打"之类的活动。有一次会议上大家提及种种不尽如人意的现象，认为问题很严重。我当场表示：主要靠引导，另外看场合，若去图书馆看看，读书借书，埋头做学问的氛围是很不错的，社会风气肯定会好起来。

中心店副经理张兄建议我去报考区业余大学，已经在读的他说："闲着也是闲着，还是系统读一些书为好。"

也没有花什么大力气，经过考试并收到了业大的入学通知；很简单，一张油印的三十二开的纸对折，正面写着收件人的姓名、地址及落款等，打开是录取通知及报到事项。并要求向单位领导报告。我当即向关系所在的中心店领导汇报并获准，同时也向日常工作的区公司本部领导汇报，也得到批准。从 1980 年春季到 1984 年春季，整整读了四年的夜校。

文　凭

　　1984年经过四年业余读书获得了文凭，恰逢政策上将其作为"五大生"视同大专毕业，享受同等待遇。好事凑在一起来，正值单位班子调整，强调年轻化、知识化。我自1979年顶替返城在基层店干了四个月不到的活后即借调区公司，从事过多种工作，也外借过几次，工作均得到认可。因为集体编制，以致有关部门要调我去也无法办成。在严格的推荐、考察后，我这个没有做过基层店正副经理、中心店正副经理、正副书记、公司本部部门正副负责人的人，一下子被确定为区饮食公司的党委书记，成为"黑马"，骤然出列有点骇人，不可思议。要知道公司范围内有几千人，光顶替的就有千余人。

　　个中滋味或别人的眼光及心目中的感触各异，但是我明白很关键的就是有了那张大专文凭，适逢其时。当然也与工作能力、表现及风评有关，与一些领导的看重、看好有关。

　　次年我被调去了静安区委，这与文凭有关，那时机关内有文凭的为数不多，也与自己想解决编制有关，去了区委机关就是国家公务员了，与虽然是区公司党委书记但仍然是集体编制的区别大多了！

改革典型

当年上海的市场,在主、副食品供应方面,大量的小店小铺承担很大一块,当时只觉得挺自然,从来就是这样。但因为这一块大都为集体性质,干好干坏、干多干少差不多,职工的积极性不高,市民、市场的反映也不佳,管理也遇有瓶颈,局面亟须打开,激活细胞、搞活企业,不断满足群众的需求势在必行,改革便应运而生。

一中心某门店的几个人提出要搞承包经营,提出了较成熟的想法,积极性高涨;公司党政领导及几位老法师也关注此事,以为可以作一突破性的尝试。市公司、区财办、市财办、市政府都重视了这件事,召开专门会议,听取汇报,研究政策,经过大量的分析研究,最后拍板,开展试点。试下来的效果不错:个人、企业、国家三得利,百姓、市场、社会叫好。公司的笔杆子捕捉热点,不断跟踪报道,成为当时改革的一个好的典型;吸引了其他行业的关注、仿效,试点不断扩大,最后成为了主流。

记得那次汇报会是在公司下属培训中心蕾茜饭店二楼开的,济济一堂,叶公琦副市长也参加了,市、区、公司各个层面的人亦不少。我作为区公司党委书记当然参加,但没发言。

许多年后与公琦市长(后为上海市人大常委会主任)、市财办陈锡渭等相遇,提及此事,他们很自豪,同时也有点惊讶:你也在!

当初的承包带头人丁兄,多年后仍在承包,其敏捷又会处事,虽也是承包,但已与当初承包的性质、效果又完全不一样了。

打　磨

我调到静安区委工作时，编制落实在办公室，人去了整党办。整党是当时的一件大事，中央、市委、区县等都设有临时性机构、明确专人来进行此项重要工作。

记得几件事，现在回过头去看、去想，也是一种打磨砥砺。

发个会议通知，起草、签发、印发，就因为落款下面的日期究竟是写阿拉伯数字还是汉字的大写数字的问题，修改折腾了数次，每个能说得上话的领导都有说法，最后由一位资深老科长发声音、主要领导认可。"通知"是我写的，我差一点忍不住；第一没关系或关系不大；第二可以看一下市里文件的样式、看一下上级文件，都一样的照搬，有不同的照市里的办！忍一下是好事，不然肯定多事，会影响日后。

领导作大会报告，稿子拟就（亦本人起草）并通过；但他要求我同时要记录。辛辛苦苦地记录了两个多小时，发现几乎在照读。可以录音，可以就原稿对照着修写、补充，但明确表示都不行。当时的心情很郁闷，权当练一次快速的会议记录吧，但没有快记快录的本事，所以很累。

一次，领导发话，要弄一套马恩全集，去哪里找呢？区一级的图书馆或机关一般都会有，但他表示自己需要；这个任务交给我，好像也没有提及花销。没有办法的我只得请我一个同学帮忙，不久他用黄鱼车给我运来了；区政府的电梯进不了，于是用小推车送到领导处，他很满意，书基本是新的。后来该同学告诉我，正值有单位要处理，他揽下了。

荐　书

　　初到市委宣传部与周遭人的相识、相熟既有一个过程，也有慢热快熟之分。张处为人热情，又因为大家都到过农场，也有些共同认识的人，所以接触就多一些、熟得快一些。一次在他办公室，他拿出一本书郑重其事地给我介绍："这本书不错，很有用处。"我仔细一看不由笑了，说："这书就是我出的。"惊讶之下，他确认我的名字在书的封面。

　　这本《当代管理箴言录》是我和兄弟一起编的，1988年7月由上海人民出版社出版，印数有两万多，当时影响很大。《解放日报》"企业家俱乐部"专栏摘编多次，《文摘报》《报刊文摘》都刊摘，被评为上海的年度十本好书之一，并且还重印过。

　　此书被台湾书泉出版社相中，经与上海人民出版社谈定在台湾分成上、下两册出了，纸张、装帧大大优于上海出版的。我们的版权也就以很低的价格谈定，由上海人民出版社与我们签订的合同。当时大陆的书籍较少有被台湾接受并出版的，就以上海人民出版社而言，它将此事编入该社的"四十年大事记"之中。书在台湾的销路不错，曾有友人去台湾购回后送我弟弟，只是说及版税太低了。

　　台湾书泉出版社将我及兄弟和他们那里的责任编辑、校对人员四人的姓名刊在版权页上，四个人的名字中都有一个"华"字，也是凑巧了。今天在著名网站还有此书台湾版的信息。

　　以"箴言"为标题的书，这是早的，以后"箴言"之类的书多之又多，也想查一下出典及最早者，可是无从下手，难办得很。

　　多年之后，有著名学者、企业家朋友、同事仍提及此书，赞不绝口。三十余年过去了，时光如流水，一切都付昨日（逝者如斯夫），而张处认真介绍此书给我的情形仍历历在目。

老　林

　　机关午间休息有点时间,实行夏时制时的时间则更长,除了回家吃饭、休息的,留在办公室里的人各干各的,多的是打桥牌,这在当时的机关很流行;我则较多去图书室。

　　我们机关的图书室有点规模,至少书很多,负责人老林又是一个勤勉的人,一丝不苟、井井有条地打理一切。我看书很杂,文史哲、经济、经营管理等等,也看些内部订阅的报刊;间或与老林或其他在图书室的同事聊聊。

　　凡上海出版的书都有送来,所以不断扩充,主要是新书,还有些原华东局机关留存的书刊等,喜欢读点书的人在这里真是如鱼得水。有时候问及某人某书,老林也能说出一二,有时就告之八楼仓库就有,带着去找。有时候有点影响的书到了,他也会告诉我。有时候要处理一些书,他也会让我去看看,如"文革"前龙榆生的《唐宋名家词选》等。这一段时间的读书看查资料对我的帮助很大,不仅仅在当时。

　　隔壁处室的陆、虞处长也负责出版方面的事,常常会传递信息或者有新书相赠,他们都是对我有帮助的人。

　　老林已经退休多年,不知情况如何? 想去看看他。其他几位有过碰头,不过也不多。

"旺　　旺"

　　"旺旺"的广告颇有特色,火红的、强烈的色彩及观念、频率,大幅度的跃动,连续的排比,长久地刺激人们的眼、脑、心。应该说台湾地区的企业及广告有其特色、特点,对于改革开放初期大陆地区的我们来说颇感惊讶和震动,当然也有启迪。

　　将近三十年前,单位就与"旺旺"集团有往来,逢年过节经常有"旺旺"的产品——仙贝、雪饼作为福利发放,那轻松的内容和夸张宽裕的包装给人以很深的印象。堆放着这些食品的房间被塞得满满的,机关同事帅兄逐一发放,虽然天气已凉但他的额头上仍沁出细细的汗珠。当时我估计这恐怕属广告性质的促销什么的,吸引消费者、扩大产品的知名度和美誉度,属于立意高、眼光好、长计划、分段行、抓重点,能进入我们这种单位是不容易的。

　　几十年后,我过去的一个老同事找到我,居然也是为了"旺旺"的事情,在其具体生产和管理方面有些情况需要与有关部门沟通。我当然义不容辞,这么一个大企业,在大陆影响那么大,市场、就业、税收等都不容小觑。不过这更加证明了"旺旺"集团的能耐。在接触了集团的一些管理层成员后,也为他们的敬业精神所感动。可以说其在大陆,尤其在上海的发展符合、顺应了"天时地利人和"的道理。托办的事情应该是有效果的,因为后来老朋友也没有再找过我,只是他答应托人带给我的一本关于写他的老领导(一位著名的政治人物)的书至今没有送到我手中。

接值班电话

一次,我在单位值班,接到曹鹏先生的电话,由他指挥的一场专题演唱会要演出了,他想请部里主要领导参加。当时的人懂规矩、知进退,打来电话说明情况;若放在今天恐怕会直接找上门去或走一些别的途径。

我知道曹鹏先生,告诉他我会联系领导并告诉他结果。经与领导电话汇报后,部领导明确表示,请告诉曹鹏先生她会参加。并很客气地问我:"你是否有空,可以带家属一起去参加;就说我说的。"我不会那么不懂事,连连谢辞,心里却感到挺舒坦的。

当我把结果告诉曹鹏先生时,他很高兴,作为上海宣传这方面的最高领导能出席他的音乐会,是一种对他的肯定和荣光。他给我留下了他的电话并嘱有事可以找他。我自然不会找他,在值班记录本上有所记载后也没有留下他的电话。

这件事距今已三十年。在以后的日子经常听到、看到曹鹏先生的事情和身影,他又与我认识的许多人熟悉,有的还是至交。我想他大概早已忘了曾经将电话号码留给我的事了吧。

"木　　桃"

跟着大领导搞调研,"抓党建",各个部门都派员参加。一次拟成讲话稿,集体讨论、修改及过堂,在我负责起草的部分用了"投之以木桃,报之以琼瑶"句,专家型的李局长就此作了详细的解释,我因只是从书报上得悉遂用于稿子,取其意而不知其他,便认真听、记,长了知识。

其出自《诗经·卫风·木瓜》:"投我以木瓜,报之以琼琚;投我以木桃,报之以琼瑶;投我以木李,报之以琼玖;"三句后均有"匪报也,永以为好也"缀之。其中的琼琚、琼瑶、琼玖均谓美玉。此系数千年来典型的男女情爱的表达,"木瓜""木李""木桃"与"琼琚""琼玖""琼瑶"成为了传递爱情的信物,寓以深深的含义。后来句子被改为"投之以木桃,报之以琼瑶",被赋予"投桃报李"之意,直言沟通、交谊或等价、等量齐观式的礼尚往来,又有来而不往非礼也之意。明白了来龙去脉的同时,也给自己提了个醒,以后对一些自己以为可以用得上的词语,要经得起询问,明白其出典和所含的意义以及变化、延伸。

许多年以后,又因事去查了"木桃、木瓜、木李"之句,发现《诗经》中的木瓜其实非现时水果店中或我们在酒席上所吃的木瓜。前者属蔷薇科,花似海棠,色泽有猩红、粉白,果实成熟时如同青黄色的鹅蛋;不适合生吃,其味酸涩,嚼如木渣,只能由沸水泡烫后剖开晒干,成为药材,有平肝舒筋、和胃化湿的作用,有名的木瓜酒即用此泡制。而后者"木瓜"系南方的水果,也叫番瓜,原产墨西哥南部。两者口味相殊。作为水果,也常入肴成菜,颇受欢迎。因为形状有如我国原产的木瓜,所以就叫作一样了。

嗜　　睡

我有一个同事有个习惯,坐下来,只要没他负责的事、主持的工作,十分钟、二十分钟就打起呼噜,说他睡也算,说没睡也成,因为仍能觉察事情或听进些内容。最绝的一次,从外地回沪,他一边开车一边呼噜,磕磕碰碰地开回上海,吓坏了车上的人。当时他喝了点酒,又有静而入眠的习惯,那时尚没有查酒驾一说,也好在顺利归家。后来他变动了岗位,责任与压力不一般了,也就没有听说此类事。

这恐怕是一种习惯或病。记得当年我等跟随领导去基层调研,在该单位一间狭长的办公室召开座谈会。也许因为忙、累,坐下来、静下来不多时有人居然也出现了这种情况,此情况令参加会议的基层同志尴尬,也搞得我们面面相觑,同行的另几个领导或起来添茶,并发出些声响,或给以解释,总之局面一时很难看。现在想来,多半是一种病或病态,当时也曾查过医书,但已经忘了。事后大家都不提及此事,但在基层有传闻,这也实在事出无奈。

据说有什么机器可以治疗,若干上海大企业的董事长、总裁级的人物(有的我也认识),也因为有此状况,所以都置办这种机器(设备),不知效果如何? 也不知是否是真的。

在商报

　　去《上海商报》工作有点突然。曾经参加过系统党校学习，时间不过一两个星期，我既是学员又带有点联络员的工作任务。其间认识了来自市供销系统的孙兄。若干年后他去了商报当了领导，诚邀我去做他的副手。

　　也许是静极思动，我有点心动；但从我所处的层面和环境看去那里有点不值，因为可以选择更好的单位，包括好的报刊之类。然而我与财贸系统有过渊源，在市委部门工作时与他们也有较多的联系，我也知道《上海商报》筹办的过程，当初也动过去那里的念头。于是在孙兄的再三劝说下，经过放与不放的斡旋来回，终于成行。

　　对新的工作总有一番热情，干劲也足。在供职商报、与商报同事共同打拼的几年中，很有一点成就感；整体反映上海商业作为上海经济的重要组成部分、截面和重点的鲜活形象；深入报道财贸、商业及第三产业的改革、发展；宣传一批商业领域的"带头羊"、劳模、先进人物；举办一些有影响的活动、研讨，大幅度提高报纸的知晓度。坚持改善员工的福利，包括提高收入、改善住房，通过制定和调整政策，充分调动各方、各人的积极性，先后解决多年的难点：改善了报社差不多一半人的住房，而且皆大欢喜，基本没有反对意见。这在当时是一件令人瞩目的事，在系统和全市同类型的报界中反响很大。

　　报社的几位骨干人物，他们为壮大报社的实力、影响方面作出了贡献，同时在他们得到应有的回馈之后也为报社构筑公平的平台打下了基础。应该感谢他们。

香港回归

香港回归时我恰在东方国际下面的一家公司工作，与老范搭档，其人当过兵，回来后就没有变动过，是个老外贸。

当年香港回归是件大事，大家自觉自愿地庆贺。老范比较实在，也好说话，一些与他熟悉的员工半开玩笑半当真地向他提出："百年大事，扬眉吐气，你们领导也要表示表示。"于是大家欢聚一堂就餐之余发了红包：1 997 元 7 角 1 分，以示纪念。

离开东方国际后，也与老范他们约过几次；他大我整整十岁。退休后喜欢拍照，与我小学同学、邻居也居然成了同好者，师从同一老师，时不时外出采风、创作，并在微信朋友圈发表作品。因为住得近，在路上也常有碰面，还是那样实在，话语不多，但人很精神、健康！

马陆葡萄

嘉定马陆的葡萄园去过几次，不过都只是浅尝辄止。记得后来单位组织去过一次，可以算是深入、深度之游。领导主政过当地，作为新融合的队伍也需感情或文化上的交汇、培育，以期相互间产生共鸣、共识。领导去了，当地那位从山东到沪的能人，姓马或姓单的园主即出面接待，观看葡萄棚，介绍创业史，品尝葡萄。

山东汉子爽气，也有干劲，因为亲历因为有感情，如数家珍，有声有色。马陆葡萄始于 20 世纪 90 年代初，以后逐年扩大、提升，声名鹊起，成为上海郊县（区）农业的著名品牌。得益于天时地利（包括土壤、气候、日照及培育、管理），作为挑头的"巨峰"葡萄在沪上几乎家喻户晓，那黑红近紫的葡萄硕大饱满，汁多味甜，更为让人惊奇的是连续多年的坚持和探索，让马陆的葡萄品种达到七十多种，一说有百余种。

诸如巨玫瑰系列，包括阳光玫瑰、金田玫瑰、郁金香葡萄、夏兰葡萄、早生马内斯、夏至红、秋红、美人指、金手指、红乳、白鸡心等等。

我们沾了大光，先后品尝了十多种葡萄，的确风味、品质、口感、形状不一，养眼养胃又大饱口福，且口齿留香，草莓、茉莉、玫瑰名副其实。站立或行走在葡萄藤架下，端坐在桌前，看着累累果实，有一种满足感。但仔细想想，无论怎样，葡萄总还是葡萄，它不会是草莓、龙眼、荔枝，尽管给人们带来惊奇、喜欢。而我们人也一样，不管岗位、环境有几多变化（当时正值机构改革，新单位人员从四处汇集而来），但总归需要干活做事，工作是第一位的，如同葡萄一样，本位第一。

这种寓深意于参观游览也是领导的杰作，从氛围也好，人心也好，文化也好，都是服从服务于主要方面的，队伍齐整了，工作就好做。好的领导如同弈棋高手，布局、谋略在前；此番情景及果味常常流连在心头、口舌之间。

洛阳牡丹

对牡丹大家应该是知道的,从诗文中,如唐刘禹锡"唯有牡丹真国色,花开时节动京城";也有从图画中,留心四处常可见牡丹画,朋友夫人擅长(绘)牡丹,也听人多次介绍著名牡丹女画家;前些年春节,朋友常从浦东送来牡丹花;也曾数次去常熟看牡丹花。

然而牡丹毕竟是洛阳的好,百闻不如一见。一次因工作机会欣然前往,陪同我们前去考察调研兼慰问的某央企的同志,聊起来发现他竟是我弟弟的同学。我的领导则从他处赶来会齐。工作完毕后,去了牡丹园,偌大的地盘竟是牡丹的天下,遍地、遍目树杈高低不一、花朵大小不一,在绿叶的簇拥下摇曳于风中,花瓣、花蕊、花蕾、花苞或怒放或初绽或欲开未开在等待。花色鲜艳,玫瑰色、红紫色、粉红色、白色,还有一些你根本叫不出的颜色,高端大气,优雅富贵,在那里亭亭玉立。千百年前名贵的多年木本花卉如此气势,铺天盖地,如火如荼,给人一种热闹热烈,喜悦喜庆的感受,远比常熟、浦东牡丹的规模、阵仗厉害多得多!

天公不作美,居然下起了雨。仓皇中有急趋避躲的,也有带雨伞而从容的,好像园方也有所准备,有的花罩起大幅的塑料布,估计是优良品种或还有较长花期的那些牡丹花。雨中观花别是一番味道,有点煞风景;也有人享受此种景观,人渐渐走散了,也有的仍在东寻西觅,探访各种品名的牡丹,拍照。如此实地又多角度地看牡丹,让人沉醉!

牡丹作为"花中之王""国色天香"誉之甚盛,但我总觉得花香味不浓郁,甚至不明显;反正就这样传下来就照搬。在赏心、愉悦的氛围中,我那位领导一边看一边解释,对此也颇有研究。有趣味的是传说唐代武则天在一次游园时,要求百花俱放,而牡丹却违命迟迟不开,武则天一怒之下贬其去了洛阳。到洛阳却花开鲜艳灿烂,一时轰动。

其实牡丹的历史已有 3 000 年了！成书于汉代的《神农本草经》(我国最早的中医药著作)记载了牡丹药用的功效：安五脏、活血化瘀等。牡丹最早为人所识所重是其根皮的药用。后来它的美被人重视、喜爱。约在 1 300 年前开始了牡丹的栽培。观赏、美感和价值加速了它的栽培和进化。现如今从当初的九种野生牡丹(全世界仅九种，原生地都在中国)发展为近 1 300 个品种。

我曾经从"三言二拍"中看到过名贵牡丹的名称：姚黄魏紫。此番去了洛阳，得悉牡丹的培育或开发是一篇延续千百年的大文章，从早先的白、黄、紫为滥觞，精彩纷呈，以黄、绿、肉红、粉白、银红、墨紫、雪青为上品，尤以黄、绿为贵；品种颇多，不胜枚举，著名的除了上述的姚黄魏紫，还有赵粉袁红。

"华　疗"

去华疗，即华东疗养院，是因为有事。匆匆去，急急回，那是一位领导在那里体检，一则去看望，二则是汇报事项。事情得到圆满解决；悄悄观察了环境，觉得不错，但有些老旧的感觉。

没有去过那里休养、体检，常为人所不理解。那是乐事、胜地而且体现档次，还可以结识一些人，或同僚、旧友约聚。又据说那里的休养最久可达三个月，也有听说供不应求，争着、赶着要去的、不脱班的、说明情况特殊希望放在前面安排的等等，以致有关方面颇以此为难。

那里对社会也开放，但好像主要是对国企大单位或事业单位，场地也有区分。也听说有朋友去过那里，那里怎么样，怎么样的，很高兴地说道，有点"秀"的感觉。

退休已多年，看来总归要去一下，实地领略一番，以免"缺一事""少一知"。

地震时在三十五楼

汶川地震时,我正巧在办公室,我们所在办公的楼很高:三十五层。剧烈的震感使站着打电话的我不由自主地坐在椅子上,感觉很不好,便在电话中急切地问对方:你现在在哪里,有什么感觉?对方回说:在城市的西北面,在平地上没有什么大的感觉。我座位后面的窗帘之类东西的摆幅竟达尺余,窗户也同样晃动;我当即认定不是眼花,而是地震。

大楼里的人们纷纷下楼,有的还是乘电梯往下,也有知道一些常识的便随着楼梯往下走。三十五楼往下其实也够呛,办公室的小张下了楼打电话上来:快下来,地震了!我说,顺其自然。隔壁的领导过来说,这是地震带来的反应,要是轮上震中,楼一晃一倒都完了;没有关系,也不必下去。

整个上海尤其是热闹的街市、广场人头攒动,群情汹涌,传说、信息不断。过了一段时间,也有人上楼了,不过议论不断。

后来得知是远在四川的汶川地震,波及居然如此之广,可见自然界的威力,也使得人更了解它的不好惹。

在没有征兆的情况下,人的生命骤然而逝,而且惨烈,这是谁都不愿见的;但被遭遇却是无奈、可怜。想想"楼一晃一倒,人都完了"的场面,不寒而栗,不过一下子过去,在不明白什么情况之下生命霎时被结束,也许对本人是无从知晓的,而对家人、朋友、同事而言,不啻是一种警示和悲伤。

我的几个过去的同事外出参加会议带旅游,在浙江地方忽遇车祸,车翻下溪沟,导致有的在酒酣瞌睡中顿时殒命,其他人有的骨折、伤脚,有的安然无事,有的后来事业做大,成为富人。观此,人生的不测令人无解。

调单位的奥秘

调单位是个难干的活,自己的多次调动有组织调动的,也有自己想动的,但一旦成功都归之于组织调动;而其中因素很多,如有博弈成分,有技术含量。不像如今的人孟浪豪气:世界那么大,我想去看看;或此山望那山高,频频跳槽。然而一般说来,这样的人都属于有点本事的人,与过去的"此处不留爷,自有留爷处"类的痞气、赌气不一样;不过聪明一点的话,还是"去时留人情,回来好相见"为好。

我曾经是一个单位的主要负责人,被组织上调动时十分容易,限时报到,保质保量。作为一个部门的负责人往外、往上调动(又是跨系统跨行业的),难度就大一些:领导开明容易放行;遇到领导不太想放的就要做工作,一者自己表示要走,"软磨工",二者要由更大的领导出面协调,会成功但要花时间。遇到特殊情况,如机构变动,尤其改革调整之际,或领导变动之时,则更难一些。如果所处环境别扭,上面也无留意,下面又有人急欲冒头上位、功课做足,这时候的调动会难上加难,欲走不走,走一个较好的接受单位,这就靠积累、机缘了。但凡经历这如许阵仗的人,心情心境会有所改变,从容、低调,一般不轻易言动。

老话说:树挪死,人挪活。这当然有道理,但不绝对,有的人就因各种原因越调越差,我身边的同学、同事中便有。由于工作岗位、环境,自己的心境、人际关系等等一茬不如一茬,人容易消沉下去。而反观我们的植树节,尤其大城市房地产发达了,那么大的树移来挪去,成活很平常,也容易。

我庆幸自己遇到不少开明的领导,虽多次调动,总体向上向好;即便一时不顺当,也能度过。所以时至今日,回过头去看看、想想,感恩之心之情油然而生。

顾阿姨

顾阿姨是基层店的负责人,个子瘦小但精干,喉咙有点哑,"烟嗓";干起活来不输于他人;有点空暇时就会抽上一支烟。她对我很客气,当然我不会把客气当作福气。作为一个顶替来的新职工,该怎么干还得怎么干。于是一会儿安排在大田路口的店里;一会儿安排在大通路口的店里,做开市准备,氽油条,煎薄饼,做麻球,氽粢饭糕,炒豆沙,卖豆浆,做春卷皮子等。这样的劳动态度和工作质量得到她的认可。于是她便会更多更巧妙地予以一些关照。

多年后,我通过老同事的帮助得到了顾阿姨家的地址、电话,想去看看她。一个电话过去倒是她本人接的,问好之后问她平时在干些什么,依旧是那有点哑的声音:"老了,干不了什么,就几个老同事小丁、老宋打打麻将。"小丁、老宋都是当年的领导,我也认识。我说什么时候你方便,我想来看看你。她居然连连问道:"你是谁……"一点也记不起我和当年的事。当下我亦无言。顶替的三五年后我曾担任过区饮食公司的党委书记;虽然我想去表示一下自己当时的感激之情,但顾阿姨明显不是那种关心名利的人。我就无意去打扰她了。

这件事对我感触很大,自己念念不忘、时时想到的一段经历,可能在他人心中及脑海早已遗忘!

老任师傅

近些年来，"高手在民间"这句话频频亮相，成为一种感叹，一种社会现象的概括，带有普遍性，使用的范围愈发大起来。其实能人、高手、行家、法师处处都有，在不同的时代、范围或不同的领域、圈子，只是你的眼光、接触面及发现如何，古人说的百步（十步）之内必有芳草，诚不我欺。

顶替返城后，认识了同一中心店范围内的老任师傅，他是一家机修间的负责人，业务范围很杂，但凡基层店员工搞不定的无论电器设备还是木作等方面的毛病都会找到那里，其处也就三五个人。老任本人人高马大，年纪大我们许多，也是老职工。一般说来找上他那里，不管是从时间、从效率效果来说都是令人满意的，在基层店负责人及职工中影响、印象都很好。

一次开会，大家说起春天到了，但马路上飞扬的源自法国梧桐的毛屑不少，令人生厌又无奈，这种隔年的小球被春风一吹散落开来，飘扬四处，被吸入或沾在人的脸、鼻、眼上，引发鼻痒、咳嗽，十分不好受。而老任的一番话令我肃然，他说这种飘絮扬尘，说明时节到了，没办法预防，若要解决成本太高，只能靠人工摘除或什么。梧桐树又叫悬铃木，树叶从绽出，到小叶，从叶之嫩黄、青绿到色泽逐渐亮起来，都有时间的，从第一叶、第一枝，从局部、到大部、到全部，在时间上的推进，我每天都有观察也有记录，而扬尘一般也有规律……而且这几年看下来与过去相比，有些变化。他娓娓道来，我发现这与他的本职无关，而这种认真的态度则体现了他的细心、讲究，这样的观察能力和坚持精神令人佩服；以此种态度去做任何工作，怎么会做不好呢？我对他的尊敬由此加深，尽管只是很短一段时间的接触。

在老任师傅的言传身教下，他的那几个徒弟、部下都很有不俗的表现，有的成为冷藏方面的专家，有的读大学后去担更重的担子，从那里走向各处。

讲原则的赵兄

在我明确担任区饮食公司党委书记后，有一次小范围聚谈，赵兄拉住我说："先祝贺，再提醒，以后说话小心点。记得发牢骚责怪上海卫生系统怎么怎么吗?!"我一时语塞。

那是1984年之前，大妹患了肝炎，没能住进医院，医嘱在家中隔离、静养之类。我家人多，空间小，如何隔离，真是个问题，当时无奈、心中亦不快，在某晚一次连我四个人在内的茶叙提及此事，并就此发了牢骚，讲了几句怪话。

赵兄坚持不肯说出他怎么知道的，也不肯指出谁向上级反映的（在提任考察之时）。我很敬佩他、看重他：一是在问题解决之后提醒，明确任命就说明上级并没有将此事作为一个原则性的问题来看待；二是提醒的同时并不指出谁是告发者（因那三人关系均好），不存在添刺添堵，要他人好看。

赵兄后来发展得也不错，只不过为人低调。其头脑清晰，但对于有些事不屑为、不看重，也失去过一些机会。他的几个亲近的朋友我也都有过接触，他愿意自得其乐，心闲意适地过着自己的小日子。

博学的领导

年轻时借在静安公安分局有好长一段时间，在跟班干活的同时，结识了不少公安干警，有的在已步入老年的今天还有走动。

分局里能人很多。二科的沈兄除了业务精通外，兴趣爱好也不少，有的甚至达到了专家的程度。一次听他讲北京人民大会堂的建筑风格、结构、布局，甚至连走廊的长度、楼梯的台阶级数等，都十分清楚，可以娓娓道来。又记得有一次我因为家中底楼下水道经常有鼻涕虫爬出，问他怎么办。他说可以用小苏打拌米饭除之，效果真的很好。机会会降临在有准备、有能力的人头上。后来沈兄一路高升，从科员做到了正局级领导干部。但依旧为人诚恳，没有什么架子。

分局的人事变化很大，从那里走出去的领导干部除了沈兄外还有多个，如市政法委领导、区长、局长等等。

不久前的 2017 年，见到了当时的二科科长老徐，其已八十多岁了，提及一些老人马，说起某人走了，某人病了，某人尚可，某人无联系等等，不知不觉有些唏嘘。

侦察员老马

分局的马兄调过好几个岗位,做侦察员时破过一些重要案件,当时获表彰和宣传。与其在分局时工作上有过交往,后来他负责我公司的治安保卫的指导、联系工作,来往便多一些,互相很尊重。我离开了公司、离开了静安区后也稍有联系,他有几个插兄("文革"中共同插队落户的青年)是我新单位的同事,也有提及或见面。

约五年前有次接到马兄的电话提及他的儿子彦捷要请我吃饭,我有点惊讶。原来马公子小时候患病住院时硬要出院,其父母亦无奈,在马路上遇我提及此事,我即与熟悉的儿童医院医生打了个招呼,马公子顺顺当当地回了家。此事我早已忘记,提起来也丝毫没有印象,不料马公子居然记得此事并有此雅意。马公子彦捷发展得相当不错,美国著名大学毕业后在香港从事金融工作,很有成就。为其父母买了地处外滩的房子,平时经常来往京、沪等地出差、公干。

此次见面餐叙后便常有来往,马公子青年才俊便有人挖角,他也跳了几次槽。现时一般说来有专业背景、有能力、有业绩的人被挖或跳槽说明有本事、有身价,收入也会一次高过一次。

一次餐叙,我女儿、女婿在座,他居然与我女婿是澳洲麦格理银行的先后同事,听他们说一些共同认识、熟识的人,一时也觉得有趣。

老　薛

　　她是为人有原则,敢担当,说话有分量的老干部,几十年来就一直在同一个区域内工作,从投身革命,搞地下工作到解放,从"文革"受迫害到"平反"复出,从离休到老去,没有离开过这个区域。她不让人称其官职,一句"老薛"即可。

　　我与她的交往不多,她是大领导,我只是在当了基层单位领导后才与她谋面、认识。她找过我,在短暂的交流之后,表示要好好专门找我谈一次,好像后来也没有;感觉中她对我印象不错。后来她交代我办事,放一人去其他单位工作,并表示就此一人,其他由我单位决定及安排工作;我当然照办。以后又有信息传来:老薛说的要放人,点名谁、谁、谁,当然不会假,我亦无奈。

　　到区委工作后,有机会去市人大工作,那里派人来商调,但被她阻止了。在一个具体的部门做些具体的工作,也就联系少了。在走廊上遇着,点头招呼:"老薛,好。"

　　多年后,我在马路上也遇到过她几次,我们所居相隔不远。她在离休后因为年迈,事情也自然少了。遇上后倒也总要说上几句,一次她很高兴地对我说:"某某同志专门请他们一些老同志在海鸥饭店聚了一次。"这位她口中的某某同志曾经是她的部下,我也认识,看到她那兴奋、喜悦的表情,我也不由为她高兴。老去心情不一般,总归希望有人记得,而且又是有所成就的部下。

面　　孔

　　"塑料面孔"特指不会笑或喜怒不形于色,面部表情呆板、不易者;多年前听我一位老朋友说起,觉得很形象,所以记得。

　　喜怒不形于色或不会笑的人当然存在,这里剔除表情贫乏、脸部肌肉僵硬者,而大多是指城府很深,极其淡定,不苟言笑的人;实属不太容易做到或少见。其实也不是不会笑,只是把握得好,视人与己之关系而定,为何不笑,为何而笑。我也见过所谓的不会笑的人的笑脸,或开怀或莞尔,或笑容可掬或笑意盈盈,只不过不是为你而是为了别人、他人,或比他位高、或有求于人或某人、下属帮助自己办妥了称心如意的事,他会不笑吗,照样笑脸"灿烂"。

　　当年在高安路上班,一个夏天的黄昏,阳光从西面照射下来,我和几位同事下班出了大楼往西边大门走,同事张兄骑自行车从西向东进入大门,相遇之际一脸笑容,自然恬淡,在夕阳下分外养眼,悦目赏心,我身边的女同事脱口称赞:"老张,你笑得真灿烂!"真是,点到位,评判极好。没有心机,不存在算计,没有不舒坦,没有太多的压力,当日事当日毕,外出办事回机关,心情爽,人愉悦,怎么会少了笑容,"笑意写在脸上"透出人生的坦然,不过此兄的"卖相"也好。

大姐记者

　　《党建》杂志记者,好像姓孙,是位大姐,上海人,"文革"前的老大学生,毕业后便在北京工作。我们初识时,感到她很可亲近,既有南方人的细腻、周到,又有北方人的干脆、爽气。在印象中我们是一个系统的,工作上我又与她对口,属她联系的通讯员、工作点,所以她到上海来,因为她家在淮海路人民坊,我们也有在附近安排小聚。她大我二十岁上下,我和上海的其他几位苏姐、国良兄、小周等与其相聚,很宽松。她曾经悄悄地对我说,有什么要帮忙的,她的同学、亲戚及北京的人脉强而有力。当时的我头脑还不怎么开窍,没有表态。

　　记得她带来小同事,记者小魏,个头不高人又瘦,名字很好记;我们以后也偶有联系。我调离单位后(其实在之前,与杂志社的联络就交给了别人),与大姐记者也断了联系。后听说记者小魏成为中央大领导的秘书;再后来,成为中央电视台的领导,许多节目诸如"远方的家""记住乡愁"等都由他监制或为制片人;后来又成为全国总工会的副主席。我与苏姐、国良兄提及此人此事,他们居然都想不起来了;当然我也不会去找这位魏台长、魏主席。不过,有点想念大姐记者,她应该在八十开外了吧!

读书成为家风

书是人生中不可或缺的宝物。对我们这些"50后""60后"遭遇过从读书有用到无用、从无用又到有用之巨变的人来说,它更有着特殊的意义和作用。

小时候家中读书氛围很好,虽然基本上靠借来读、看。晚上在昏暗的灯光下,各人看自己喜欢的书,交换着看各自借来的书。大哥看书、看报作摘录,二哥基本上一目十行,速度飞快。

书的来源多,品种也多,四大名著、大量传递和体现正面教育作用的书,如《红旗谱》《红日》《红岩》《青春之歌》《野火春风斗古城》《前驱》《播火记》《晋阳秋》《槐树庄》《苦菜花》《迎春花》《战火中的青春》《林海雪原》《铁道游击队》《烈火金刚》《平原枪声》《敌后武功队》《靖江壮歌》《火种》《移山记》《暴风骤雨》《太阳照在桑干河上》《山乡巨变》《香飘万里》《钢铁巨人》《创业史》《艳阳天》等等,以及《毒日头》《镀金时代》《名利场》《决堤》《我们心中的魔鬼》《草原林莽恶旋风》等等,包括法国巴尔扎克的许多小说,苏联及俄罗斯、英国、美国、日本的相当之多的小说(含侦探类)、诗歌、戏剧等作品,说"汗牛充栋"绝不为过。若干年前曾经有过一个想法:尽可能把所有读过的、且记得住书名的书回忆出来,找来重读一遍,可惜只是想想而已,根本无从下手,无由顾全,无法做到。

《毛主席诗词》《唐诗三百首》《女神》(郭沫若)以及俄罗斯普希金、美国惠特曼的诗就是在当时读、看之中抄录的。

到后来,书多了,有的就置放在那里也不见去翻,更说不上去读或抄录了;有的即便看了也记不深切。而少年时候所抄录的文字、篇目,印象、影响深且大,如《西游记》中的那几句:"和风吹柳绿,细雨点花红","大海里翻了豆腐船,汤里来水里去","路旁说话,草丛有人",等等,颇有点趣味。

读书的意义和作用

读书这件事，从大里说，可以改变命运，无论过去现在将来；从小处说，可以帮助自己度过闲暇、寂寞，抵御孤独、无助。但不管怎样总归有效、有功，在不断提高自己。读书之用，诚如林语堂先生所说：读书，开茅塞，除鄙见，得新知，增学问，广识见，养心灵。亦如黄庭坚所言：三日不读书，便觉语言无味，面目可憎。也如宋真宗赵恒来得实际又实惠：书中自有"千钟粟""黄金屋""颜如玉"，而且要"遂平生志"必得读书（见其《劝学诗》）。抑或就像培根所指出的：读书可以"消遣、钻研、长才干"。

欧阳修说过"立身以立学为先，立学以读书为本"，说得很明白，很透彻，这就是为什么读书的本意所在。而读书的一个重要方面则是不能背离实践，关键在于融会贯通，学用相济，知行合一，有所作为。

就读书本身而言，要带着问题，尤其疑问去读，在钻研和释惑中提高："读书，始读未知有疑；其次则渐渐有疑；中则节节有疑；过了这一番后，疑渐渐解，以至融会贯通，都无所疑，方始是学。"（朱熹）经历反复包括肯定、否定又肯定的诸多过程，就会达到如同林语堂所点到的境界：自己见解愈深，学问愈进，愈读得出味道来。

读书无止境，由跬步之积到千里之广是一个长期的过程。其亦如步行、如锻炼，一天、两天你未必觉得什么；但坚持上一段时间、三年五载甚至更长，远足之下身体状况和精神状态会发生巨大改观，与昔日之己、昔日之友的差距就太明显了。读书多了，人的面貌、人的思想以及人生质量都提振了。

读书方面的典故、佳话颇多，在令人津津有味的同时，感慨亦多。如孙敬悬梁，苏秦刺股，匡衡凿壁，车胤囊萤，刘绮燃荻，孙康映雪，李密挂角，江泌追月。如孔子韦编三绝，陈平忍辱苦读，韩愈提要钩玄，司马光警枕励志，宋濂借书抄书，欧阳修计学日诵，范仲淹断齑划粥，贾逵隔篱偷学，这些由读书而产生和荟萃的趣闻以及它们的主人翁那些显赫的知行作为，让他们在史上扬名留迹，成为楷模。彼时彼地，其情其景，令今时今日我们这些在优渥条件下的人感到惭愧。

所以不管年少或老迈，无论乖蹇顺遂，都要读书。书籍、书本就是一个用之不竭、取之不尽的宝库，任你索求。

读书方法

　　朱熹是个大学问家，他发扬光大儒学，成为集大成者；他强调格物、致知、诚意、正心、修身、齐家、治国、平天下；他为官清廉，治学严谨；身为思想家、哲学家、教育家，而且著名！

　　他的求知、探索、做学问的功力非凡。关于读书，他提出"六法"：循序渐进；熟读精思；虚心涵泳；切己体察；着紧用力；居敬持志。无论从大处着眼还是从小处入手都十分管用。他还提出："读书须有三到：心到，眼到，口到。心不在此，则眼看不仔细，心眼既不专一，却只是漫浪诵读，决不能记，记也不能久也。三到之中，心到最急。心既到矣，眼口岂有不到者乎？"

　　此外，古人颇多注重读书方法，包括时间的利用和学习效果。董遇有"三余读书法"（冬者岁之余，夜者日之余，阴雨者时之余）；欧阳修有"三上三多法"（马上、枕上、厕上，多读、多写、多讨论）；苏东坡有"三自之法"（自达、自得、自胜）；顾炎武有"三读法"（复读、抄读、游读）；张溥有"七录七焚法"；等等。

　　有几首诗也涉及读书方法，不妨一读。如："三更灯花五更鸡，正是男儿读书时。黑发不如勤学早，白首方悔读书迟。"（唐颜真卿《劝学》）如："读书切忌在慌忙，涵泳功夫兴味长。未晓不妨权放过，切身便要急思量。"（宋陆九渊《读书》）如："半亩方塘一鉴开，天光云影共徘徊。问渠那得清如许？为有源头活水来。"（宋朱熹《观书有感》）

　　自在不成人，成人不自在。不管是谁，要生存，要发展，总要学习；而读书作为最根本、最普遍（通）的方法，是通向成人、成才，向上、发达的必由之路；在这条路上，勤读、苦读是少不了的。

　　"志不立，天下无可成之事"，读书也一样。人在不同时期的读书、使用或成效会有不同；但到最后，恐怕涵养心灵是为最实在的。逐渐老去，事情必然会少下来，目的功利也会淡薄，然而书还是要读，就如清代李渔所说的那样："予生无他癖，唯好读书，忧藉以消，怒藉以释，牢骚不平之气藉以除。"

　　所以读书吧，认真一点；无论何时开始读书，都不会嫌晚。

从厚到薄

有些大学问家、大人物对于治学颇有造诣，其中从厚到薄就是一般人难以驾驭的本领。

再厚的书，两百页、三百页或以上可以概括、浓缩成几页、一页甚至几句话、一句话，如同现时流行的"主题词""主旨"那样。

这种过程，非常人之所能为，难以想象，难以操作，提炼再提炼，概括再概括，剩下来的经过简练、凝练的精华之物难能可贵，刻骨铭心。

分析好，有大益，概括提炼好同样有大益。领会吃透，化繁为简，成为自己的心得；再予展开，收放之间，如臂使指，从容自在。除读书、做学问外，展开一点诸如于讲话之要旨，表述之重点，文章之中心，诸事之关键，都可以如此去理解、去深入、去剖析。这种厚薄之间的转化、转变体现的是吸收消化再创造的功力，关系到人的积累、格局、手笔、能耐。

人生之书或曰人生真谛又何尝不如此这般，从厚到薄，再从薄到厚，如此循环运作，反复而前行；尽管有的时候很难区分及操作。

成功需要学习

以前有"一招鲜吃遍天""一本书主义",后来有"学会数理化,走遍天下都不怕""学会车钳刨,可以天下跑",尽管说的是不同领域,但是都说了一技之长的可贵难能。技压众人、出类拔萃是人人向往的,但毕竟不是都能成功、如意的。

"书到用时方恨少",成功需要学习、积累。多读点书,多获得几张"证书",多花些业余时间,有时候差距就产生在八小时之外,长年累月的坚持或用功。一个人的能量、资源以及时间是有限的,有取舍、有追求,去做些自己喜欢的、认为值得做的事;可以与工作有关,也可以与工作无涉,投入、走心甚至痴迷,坚持、韧性不改初衷,付出总会有回报。到需要的时候必然派上用场,"闪亮登台"折得桂冠。老话说"十年磨一剑","板凳须坐十年冷",才能"文章不写一句空"。

我身边,其中有同学有同事也有邻居,这样的人才不少;有时候艳羡他们的成功,但往往忘记了他们那在成功背后的坚持、努力和付出。

自重人重,"唯有本身的学问、才干,才是真正的本钱"(罗曼·罗兰)。所以艺多不压身。

书之味

　　小时候放暑假之际,读书的时间多一些。常常是下午四五点钟,在家中擦了地板,洗好澡,在弄堂口的上街沿、棉花店的外墙边,用水冲去暑热,坐在小凳上看书。那虽然是热天,好像也不像现在那样热,也许是年轻时不怕热,也许那时也没有温室效应或温室效应不明显。

　　马路不宽,汽车也少,对读书也没有太多的干扰,也没有人认为在马路上街沿看书是一种作秀。

　　遇到下雨天,那么擦了地板,洗了澡之后,坐在家中前三层阁窗前,屋檐低矮往往席地而坐,在凉爽的空气中或耳听着哗哗雨声,惬意地读书。

　　那时高层楼房少之又少,在前三层阁窗前可以看到国际饭店的顶端。在国庆节时候,我们也往往坐在地板上看人民公园或人民广场放的焰火。母亲会炒些西瓜子、蚕豆之类的食物,一边吃一边看,在周围邻居孩子们一惊一乍的欢呼声中,不同色彩、样式的焰火升空、绽放,噼啪炸响。现在想想,很是温馨,也很有滋味。

小书摊和它的主人

　　成都路近新闸路口有小书摊（即连环画摊），设摊在一段较宽的上街沿，设摊的是一个阿姨。按照三分两本、五分三本（合订本）的价格借阅，可以在由三角支撑、偏斜的书架上挑书，然后静静坐在小凳上看书，天暗下来，交书走人。

　　以后小书摊搬到了新闸路近成都路口的一个街面房里，还是那个阿姨在管，好像还有一个合伙人。不过因为自家书的来源多了，小书摊也就去得少了。

　　成家以后，发现住永平里岳父家的邻居就是那个设小书摊的阿姨，女儿叫阿兰，大家都叫她阿兰姆妈。她与我岳父母一家很熟悉，斜对门，多有来往。她女儿后来去了日本，发展得也不错，在上海别处购了房让父母去住。一次因有事，有几个晚上居然就住在阿兰姆妈家的老房子里。想想人的缘分就这么有趣，平时有点相识但又没有深交（或交往）的人在无牵无挂的多年之后又通过各种各样的关系、因缘而聚会在一起，说起来，感到亲切、有趣。

　　近些年来，连环画尤其一些老的，价格飞涨，往往有价无货，真想问一下阿兰姆妈，当年那么多的连环画后来怎么处置的？应该不会在身边了，不然价值就可观了！

邬　兄

退休后去办静安区图书馆的借书卡,押钱一百元;在办卡过程中问及图书馆邬老师还在否? 获复:已退休返聘着,今天刚好休息。

我曾经因为工作关系与他相识,其为人诚恳,个头不高,平时话亦不多;倘若谈到读书、史料,提及他熟悉的作家、作品之类,话便多起来。我常在他手中借书,方便得很,有时一借多本,陆续还,继续借。我之前看了许多书,除了买便是借,而其处亦是一个大的来路。有时就一个电话,问到什么书,或请罗致或请准备,赶去取,聊几句,邬兄都提供了良好的服务。记得其中有一本薄薄的书,大概是美国著名管理学家迪克·卡尔森著的《现代管理:怎样做一个好经理》(据说还有姊妹篇《计划你的未来:个人发展的站标》,不过没找到),由他推荐,很管用。在细细研读之后,我亦荐给一同学,我认为对他有帮助。相隔了较长的一段时间,一次邬兄问及此书并索还,我让他稍等,但也没有认真去找人要回。此事便不了了之,估计邬兄处理了,当时可以按书之原价的 3—5 倍赔偿。

许多年过去了,其间我的工作调动频繁,与邬兄也没有了联系。至今念及我的那本《当代管理箴言录》在出版时究竟给过他没有(因当时我已去市机关工作);也不知那本没有还的《现代管理:怎样做一个好经理》是怎么处理的,看来需要去会一会邬兄。

后 援

　　小学同学吴、王、姚、张、周、谢均是我读书的后援队、提供者。小时候没有太多的顾忌，放学后基本不往家里跑，不多的功课在"小小组"很快做好，于是一起下棋、游戏，在弄堂里踢球或走东家、去西家。但更多的还是看书。

　　吴同学家订有《儿童时代》，购买《少年文艺》，其母亲是医院的护士长，经常从单位借来各种书籍，如《形形式式的案件》《军事秘密》《天狼星行动计划》《红色保险箱》之类的苏联侦破小说，内容丰富，情节生动，对我们这些涉世不深的小学生而言，别开生面，揭示了一新而复杂的大千世界。作为医院的干部，其母亲还可以订阅《参考消息》，有档次有看头，令人爱不释手。

　　姚同学有两个兄长，亦是喜欢书的人，从他那里借书看一般时间很短，因为其兄长又要拿去还掉并再借。有印象的除了外国小说外，还有《上海的早晨》《吕梁英雄传》《苦斗》《小城春秋》等等。

　　王同学家境好，早年就有电视机，在他家中看苏联马戏团表演或简洁的新闻播报，看《大林与小林》以及《译文》杂志等。

　　周同学家中的《中学生》杂志，谢同学的《十七年冤案真相大白记》等等也经常被忆及。

抄本在否

　　小学五六年级时，我在同学王兄处陆续看了好几期《译文》杂志，陆续看、陆续还、陆续忘。只记得有篇名叫《一个妇女一生中的二十四个小时》的小说，那轻松裕如的笔触，探微烛幽的描写，曲折变幻的情节，给我极深的印象。

　　1973年，我在农场。尽管忙，一天的活干下来，年轻人总还要聚聚扯扯，谈天说地聊书议人之类。一次我随意地向老同学问起："《译文》在否？"（我知道他家被抄过，本不存奢念）出乎意料的是，他竟说：还在。翻着那几本已破烂的《译文》，所幸那篇小说还在而且篇目完整，我即买了硬面抄，全盘录下，并不时翻阅。读得多了，我对作者驾驭语言所达到的准确、生动、形象的功力水平，细致入微而又合乎逻辑地描绘人物内心活动发展、变化的高超手法，并由此带来的作品强烈的艺术魅力和独特的艺术风格有了更深的体会和感受。小说中的主人公C太太及那个貌美如天使、嗜赌似恶魔的年轻人，也不时地出没于我的脑海。我钦慕斯蒂芬·茨威格的大手笔，也佩服译者的文字功夫。

　　有了抄本，我广为宣传，也有人传阅之后抄录一些。以后抄本被一个朋友借去后竟不再还我，整整一本硬面抄，除了那篇小说外还有许多好的摘自诗歌或小说的节录、片段；问了多次无果，至今仍很惋惜。文化禁锢时代终于过去了，有一天在《人民日报》文艺副刊上看到了介绍茨威格的文章，原来他是位创作既丰、反法西斯又力、享有盛名的奥地利作家。细读之后，我即收藏了这张报纸。稍后我又买到《世界文学》杂志（总第三期），上有刊载茨威格的《象棋的故事》。1983年春节后，我买了《茨威格小说集》，内收作者中短篇小说十六篇，其中就有《一个妇女一生中的二十四小时》和《象棋的故事》等。新书在手，令人有重见故人分外亲切之感。

　　想想，也是一段因缘，缘分！

中华活页文选

　　中学同班同学陆兄也是大家庭，兄妹八个，与我家兄妹七个相比还多一个，既是同学又住隔壁弄堂（弄堂相通），相互父母熟、兄妹熟。其家中有老大学生、老高中，读书氛围亦浓厚。我也常在其家觅书、借书，印象深的有高中课本、《大学语文》《中华活页文选》，借着读文章的注释、借着查阅《新华字典》，先读一些、读懂了一些。这对作为七零届（1968 年进中学）的我不无裨益。

　　《唐诗三百首》也是从他处借来的，买一本工作手册，密密麻麻地抄上去，不求甚解，只是先抄了再说。书要还，买不起，也买不到，心想抄好了在以后的日子里慢慢看。果然也是如此。多年后再看那些小本子，那么粗劣的笔触，稚嫩安分的笔迹，颇有感慨。

　　陆兄不怎么喜欢看书，但家中的环境如此，要知道"文革"前的老大学生是什么分量和档次，以后家中又有当校长的哥哥，当老师的姐夫，等等，虽不怎么读书但灵气是有的，识人头，能办事，大百科全书——社会书读好了。后来自己创业，老板也做得不差。看来读书有用，但也有限，还需要悟性和运气。

抄了两遍《唐宋名家词选》

连队里的老高中生张兄有一段时间因为在一个排，讲得拢，所以走得很近；回上海休假也去过他在成都北路大沽路的家中，他的兄弟姐妹很多，但家境很好。

他借给我龙榆生先生选编的《唐宋名家词选》，介绍其中的词及众多作者：708首（篇）词作出自94位唐宋的作者。尤其讲解了在词作注释中的一首诗："时人有酒送张八，唯我无酒送张八。君看陌上梅花红，尽是离人眼中血。"书是他自己的，时间上宽限；因为喜欢，蒙张兄首肯，花了较长时间研、读、抄录。先是按所编书目逐页抄下，之后觉得不过瘾，再按词牌整理，抄一遍。农场连队中有好事者依我的抄本，也抄也传。多年之后，一位曾经的农场老友，后属中管干部之人亦提及此事，他当年也读、抄若干。

龙榆生又名龙沐勋，大学问家，属真正有本事的人，压不垮、忘不掉的人。曾经是汪精卫、陈璧君子女的家庭教师，因才学出众深得汪、陈的信任，陈璧君常以"至友""龙弟"称谓。其曾任汪伪时期的南京博物院院长。日本投降后与陈璧君一同被关押在南京宁海路看守所。解放后他供职上海博物馆，曾受到毛主席、周恩来的接见。

20世纪80年代后期我因机缘获得了龙榆生的《唐宋名家词选》一书，系1956年5月的第一版第一次印刷本；此书由上海古典文学出版社出版，当时该社地点在康平路155号。同时也获得了1957年第一版的第二次印刷本（当时印数达25 000）。以后又在新华书店购买了上海古籍出版社的版本，分别是1978年根据1962年中华书局上海编辑所重印的；1980年的新一版之第八、第九次印刷本，印数竟达623 000本。爱屋及乌，也购得了龙榆生的《唐宋词格律》《近三百年名家词选》等书。

张兄许久不见，现应是七十多岁的人了，曾向其他人索要到了他的手机号码，择时欲去拜访，带几本我自己写的书，包括《向大师致敬：读唐诗宋词》，再一起聊聊心目中的诗、词以及当年事、当年人；对了还要问一下张兄当年那书的版本情况！

《全宋诗》

　　我曾在新闸路上的静安寺社区文化中心的图书馆看到整套的《全宋诗》，有点惊讶。新簇簇的 72 本书齐崭崭地陈列在靠墙的书橱搁板上。

　　这套书收有宋代 9 200 多位诗人的 25 万余首诗，分 36 部，共 76 册，字数达 4 000 万！是《全唐诗》的 10 倍。想想一个街道级别的图书馆居然有如此眼光、气派，花钱置办如此专业、冷门的书集，实属不易，有点敬佩。那天，我翻阅了目录，查找了若干人的诗作，感到有点帮助，虽然只是简单摘录了几首诗，但也花费了不少时间。

　　原打算过一些时间后认真去阅读，但隔了不多时再去，发现这套《全宋诗》被收掉了。我也没问，毕竟看的人不会多；若问，无非是地方有限，作用发挥不大，移放到仓库去了之类。不管怎样，有点失望和遗憾。

《文学论稿》

1978年市委工作队中有位甘姓老先生，是市财贸（税）系统的，有过不一般的经历。其为人真诚，对于被其认可的年轻人不吝赐教。

知道我抄录过《唐诗三百首》《唐宋名家词选》《白香词谱》，他有点吃惊，但又点拨：现代的东西也要多看多体味。就在工作队的那段时间，中午休息或晚间有空，我因其鼓励，读并抄了巴人（王任叔）的《文学论稿》，这是很吃工夫的，一则不懂也没有接触过，所以有个读懂的过程，二则上下两册，实在厚重，大的笔记本抄了两本。这对我不无益处，数年后因自己所掌握的这些文学理论，撰写了几万字的关于日本某著名作家的作品专论，就作品结构、人物形象、矛盾情节、艺术特点等等逐一展开，像模像样铺陈排列，也是初生牛犊不怕虎，放在今天也许不会去做此类事。

感悟与启迪

　　总有一种感觉或想法：那么多的名言、哲理、效应、规则若早些让自己知晓，不就如鱼得水、如虎添翼，远非"吴下阿蒙"了！其实也就可能是感觉太好了，不是已有那么多的警句、箴言你早就接触了，或读或背或抄或录，结果又怎样呢?!

　　真的，不少时候在接触那些具有真知灼见闪烁着智慧光芒的嘉言、隽语时，往往兴趣高涨、兴奋之下忙不迭抄录收藏，以备日后慢慢领悟、效行；而激情冷下来，感觉过去了，便什么事都没有了。退休后，有些时间了，重拾规整诸方面题材，思索探究，将心得体会与同好共享，留下点自己的东西，对人生有了交代。在整理、写作的过程中，对那些话语、论断的理解、体悟更清晰、更深刻了；过去没有践行，现在仍可仿效，自己不能体验，或许可以启迪他人。

　　这方面的嘉言懿行林林总总、洋洋洒洒，很多很多，一个人完全可以根据不同的阶段、处境，无论安时处顺还是置陷困境，来规范规律自己，以先贤、哲人为榜样，以他们言谈举止为前导，做一个正直坦荡有担当的人，向上朝前，能走多远走多远。在任何时段、地位至少要记得：人要有打算。给自己一个目标，因为人生的精彩与否与目标的远近大小相关。也还要记得：为人要厚道。防止和不做那些：与人言必谈及贵戚，施人一小惠便广布于众，与人交往假借刁言以逞其才，见人常蜜语而背地却常揭人短处之类的勾当。尤其当处顺境、高位之际更不能忘乎所以。

充满睿智的家乡语言

我祖籍绍兴,继而萧山(因彼时萧山在绍兴府[地区]治下,后来与绍兴平级了)进而为杭州(因欲打造大杭州,已是地级市的萧山划入杭州为区)。在人的一生中籍贯如我之这般变化的恐怕不会多,当然就绍兴、萧山、杭州如此演化,涉及的人不少。

绍兴历史悠远,文脉流长;名流贤达、文人墨客,著名者众。其语言亦有特色,那里不管学富五车者还是略识之无或不通文墨者,都能张口而来道出颇具特点的熟语、谚语、俗语,极尽平实、形象之状,亦充满了哲理、睿智的光芒。小时候常听父母说及此类语言,当时也没有什么太多太大的感觉,及长又遇相当之情景、场面,蓦然想起那么些方言、话语,觉得太有道理了,尤于写实、形象、哲理方面。

如:

> 闲事不管,饭吃三碗;
>
> 话过忘记,吃过肚饥;
>
> 大话三千,南瓜当唵饭(午饭);
>
> 自家吃不够,还要养只狗;
>
> 行当来得多,吭米下淘箩;
>
> 寸钿罗拢,饿煞祖宗;
>
> 笃螺蛳过酒,强盗来了不肯走。

如:

> 专修手表自鸣钟,拆开装不拢;
>
> 套头十足,苦头吃足;
>
> 酸不像醋,臭不像污;
>
> 话煞不相信,老鸭有九斤;
>
> 日里话得夜里,菩萨来得庙里;

西装笔挺,老婆骗进;

新造茅坑——三日香;

日里游冶翔四方,夜里借油补裤裆;

出丧忘记棺材;

挖脚底板(揭短);

心里想发财,运诮还不来。

如:

多话不如少话,少话不如实做;

养老日日厌,养小日日鲜;

不愁不长,只怕不养;

老表管老表,钞票管钞票;

前半夜想想自己,后半夜想想人家;

未富先富不会富,未穷先穷不会穷;

大家容易大家难。

崇明"说话"

在崇明呆了先后有九个年头，虽然身处农场，知青集中，但对崇明话也还是熟悉的，不能随口而来，但基本上能听懂。

崇明因历史上四面环水、交通不便，所以在语言方面相对比较不易受外部影响，其属于吴语北部地区较为稳定而又古老的一种有特色的方言。它的特点：快、顺溜、风趣，有或存在"空耳"现象；所谓空耳即可将该语言中的一些词的语音拟作、当成、以为另一种语言，如把"拗（不要）开"当成英语的"OK"，表示截然相反的意思。

因为在曲艺中经常把崇明话当"笑料"、素材来用，所以对其感到亲切，持有一种会心会意的有趣感受。在听到或看到有特色并有特定含义的话语、熟语、形容词、歇后语，便觉得贴切、生动、形象，记得住。

如：发寒热、乌虫、乌棺材、消灭郎（均系骂人、咒人的话）；

跳出来跑（指跑得快，"跳"字形象而且生动）；

勃不转（指不开窍）；

死促狭（谓暗弄松、为难人）；

额角簸箕破扫帚（指双双破损，丑对丑）；

犟头倔耳朵，头爿皮呒得（指最终吃苦）；

结蛛咬结蛛，只做不得知（装聋作哑作壁上观）；

烂污泥扎底，空麻袋背米；

一只筷吃面——独挑；

廿一天孵不出小鸡——坏蛋；

木匠弹线——开一只眼，闭一只眼；

卫生口罩——嘴上一套；

出了灯火钱——坐了暗地里——吃明亏。

看到这些，会禁不住笑，有点味道。

集　词

　　曾经集过"然"的词组，如忽然、猛然、勃然、蓦然、悻然、兀然、黯然、泰然、俨然、贸然、盎然、杳然等；有一段时间，自己感觉已经不少了，后见报章上刊说某地某人集此类词有数百个，有点吃惊。当然这仅一时兴起而已。

　　也集过"动"的词组，在其前端置词，或动宾或偏正之类成为词组，亦属玩些文字游戏，自娱娱人，开开玩笑，活络头脑，激活脑细胞。诸如：

　　生命在于运动；关系在于走动；

　　信息在于互动；资金在于滚动；

　　上位在于活动；书本在于翻动；

　　老酒在于晃动；脑筋不要瞎动；

　　万事不要激动；心动不如行动。

　　还有其他可以搭配的词根，如：触动、鼓动、流动、松动、举动、主动、心动、联动、变动、反动、调动、萌动、漂动、躁动、异动、律动、悸动、灵动、骚动、带动、悦动、蠢动、蠕动、跳动、转动、惊动、连动、启动等等。

　　还集过"大"字打头的形容词，严格、确切说应该是四字成语，数量很多，这里列举其中可称得上内涵深刻，大气厚重的，如：

　　大方无隅；大器晚成；大音希声；

　　大象无形；大中至正；大公至正；

　　大巧若拙；大直若诎；大智若愚；

　　大直如曲；大辩若讷；大辩无言；

　　大谋不谋；大信不约；大志无悔；

　　大恩无酬；大人无过；大节无亏；

　　大悲无泪；大度无间；大道无垠；

　　大道至简；大节不夺；大爱无疆；

大衍无数；大含细入；大命将泛；

大莫与京；大璞不完；大勇若怯；

大匠不斫；大泽礨空；大车无輗；

细细揣摩，颇多玩味。中国语言文字的深邃、涵泳和优美，几无可穷尽。

说　云

坐飞机时透过舷窗往外看,朝上不方便,俯看下端,似乎飞在云上,那厚厚薄薄的云呈动态状,或疾或缓,万般景象。

记得一次在欧洲,登山途中踏上一平台,海拔有点高,人就好像走在、踏在云层之上,脚下、身边、头顶云蒸霞蔚,仿佛置身云海、天宫、仙境;形状各异的云,厚如棉絮,薄如白绸,如白兔、白羊、白马,如伞、如盖、如幕,如水流,如波涛,如山峦。阳光从蓝天投射下来,色彩斑斓,起伏、开裂、剪裁、组合,动中有静、动静相融的变幻,令人惊心动魄,观此盛景,遐想翩翩,脚步简直不敢移动。

想起了小学时候的《火烧云》课文,具体已记不全了,只觉得课文中描写空中飘浮的红色、金色、紫色、赭色、青色、黑色的云朵,或单色纯净,或双色相并,或镶边或杂糅,多姿多彩,多种多样,美不胜收;这种感觉、感受深入脑海,如今这种美感被唤醒。

置身于云间、云海、云端,尽享这般白云叆叇的盛况,其色彩色泽也许比不上火烧云,但飘忽、灵动,物我相融的情状因为亲历,故而真实,且胜过其多多。

说说统筹法

早上起床，想泡茶喝，但没有开水；开水壶、茶壶、茶杯要洗；火已开，茶叶也有，怎么办？最理想、合理的做法及流程应该是：洗水壶，灌水，放在火上；在等水开的时间里洗茶壶、茶杯，放茶叶；水烧开了，泡茶饮用。这种做法，顺序合理，节省时间，符合统筹兼顾的要求和思想。

这就是统筹法，由华罗庚先生引入我国。统筹兼顾，全盘考虑，合理安排，效率优先，这大体是统筹法的根本。一事当前或诸事纷杂，既有办好事情、完成任务的要求，又有时间上的限定及考虑，如何处置、操办，就需要采取如上办法。

首先要从需要管理的总体要求着眼，以任务中的各种所需要的持续时间为基础，按照工作的先后顺序和相互关系予以统筹，或以图表或以模型，以反映任务全貌，实现全过程管理。强调时间，进行时间参数计算，找出计划中的关键工作和关键线路，对任务中的各项工作所需要的人、财、物通过改善网络、计划作出合理安排，形成合理的方案并付诸实线。

合理使用时间，统筹安排和规划时间，处理好总体目标下的多重工作之间的先后顺序是一种良好的方法论，试着去践行，不断总结，相信会获益多多。

切记不能见树不见林，只顾眼下鼻尖，防止小题大作，治丝益棼，顾此失彼，要有大局观。

良好的开端是成功的一半，而统筹法就是良好的开端。

腹有诗书气自华

"腹有诗书气自华"，我相信。其出自苏轼的《和董传留别》诗。原文为："粗缯大布裹生涯，腹有诗书气自华。厌伴老儒烹瓠叶，强随举子踏槐花。囊空不办寻春马，眼乱行看择婿车。得意犹堪夸世俗，诏黄新湿字如鸦。"诗意很明确，一个人要出人头地，为国家、朝廷效命或认可，不能不读书，"得中""登科"便非同一般。而且读书与不读书、读书多与读书少不一样，人的内在外貌体现出的素质、气质自然有高下优劣。通过读书才能更好实现人生目标。这在过去是这样，在今天又何尝不是如此，对于穷困贫寒的子弟，苦难困窘的家庭，读书恐怕就是唯一的出路。诗中对于读书与气质、本与表的关系也说得很清楚，诗的重点"诗眼"恐怕就在此句；苏东坡称赞欣赏在贫困中注重学习，品位气质高尚的董传，给我们留下了千古名言。

有一个知名度极高的小故事：林肯总统的一个顾问推荐一名内阁成员，遭拒绝后，顾问便要求林肯说出原因，林肯说："我不喜欢那人的面貌长相。"既干脆又简要。"可那个人不应对自己的长相负责呀。"顾问自然而然地回答。"一个人的长相四十岁之前是父母决定的，一旦过了40岁就应该对自己的长相负责。"说完此话后林肯便不再论及此事了。

叔本华说过："人的外表是表现内心的图画，相貌表达并揭开了人的整个性格特征。"十分有道理，与苏东坡的诗句有不谋而合的共鸣，加上林肯的话语，可以补充一句：读书是人的深度美容，概由滋润于心而形之于外。

《基督山恩仇记》

"文革"中有个民间悄悄流传的说法:《基督山恩仇记》(法国大仲马)可以换一只梅花表(瑞士名表),可见其之"珍贵"。我亦有幸在"文革"中从同学姚手中借阅过此书,尽管时间极其短暂。

此书带给我的影响深远:当时的震撼,不时地忆及,常常又有的重温(包括电影),总归有一种思念存在。书中描写的由主人翁唐泰斯所体现、反映的人生之艰难、之无常,之执念、之坚韧,恩情冤仇之于人生的相伴交互给人带来刻骨铭心的记忆。虽然表现在每个人的身上并不那么截然分明,大起大落。

为唐泰斯独特的遭遇及其一举一动所牵制、牵挂,为他高兴、为他痛心、为他庆幸、为他快意……然而也常为法利亚神父的坚忍、睿智所折服。在他的悉心培育下,唐泰斯获得重生、成长乃至强大,成为世人、尤其读者心目中的英雄。在种瓜得瓜、种豆得豆,福祸自招、善恶有报的主题外,法利亚神父口中的"最坏的监狱是人的头脑"给人以深刻印象。物理意义上、现实生活中的监狱可以给人以沉重或致命的打击,而心灵、精神(包括头脑)中的"监狱"则为害为祸更猛更烈,后果更加严重。这种境地让人永远走不出去:凉薄、幽怨、嫉妒、愤恨如同杂草、毛竹、荆棘,重重叠叠遍布人的脑海、心田、胸膛,压得人透不过气来;心境恶劣比子弹杀人更甚!

可以失望,也可以一时无望,但不能绝望。也许"不幸是一所最好的大学"(俄国别林斯基),静下心来,整治创伤,痛定思痛,重拾希望。当然要爱憎分明,不能仅仅记过忘善。既不要简单、轻易地"算了、算了",也无需锱铢必较、睚眦必报;记得一些向上、向善就好。

《飓风营救》引起的联想

　　窝在家中,看央视电影频道于 2020 年 4 月 3 日首播的美国影片《飓风奇劫》,想起了 2008 年 4 月始映的法国电影《飓风营救》,因为片名有相似,因为两个电影由同一人出演主角,因为个别台词精辟,所以都有触动,牵发感想。

　　《飓风奇劫》前两年就有播映,金库警卫凯茜·科尔宾(玛姬·格蕾斯饰)、气象专家威尔·拉德利奇(托比·凯贝西饰)在片中均有出色演技,而出自那位蓄谋在塔米热带风暴(后转为五级飓风)到来之际盗取六亿美元的康纳口中"人的勇敢品质,并不是没有恐惧,而是要克服恐惧、战胜恐惧"(马克·吐温)的话,起到了点睛之用。根据契诃夫法则,出现在电影开首的这么一段话,蕴含并成为规范两位主角品质、思想和行为的底线和标识,故事情节为之展开、呼应、诠释,服务于主题,彰显了责任、道义和作为。

　　《飓风营救》讲述了退休特工希莱恩(连姆·尼森饰)在女儿肯姆(亦由玛姬·格蕾斯饰)陷入拐卖集团之手,在有限的时间里与黑帮势力角斗,为营救女儿重操旧业、大开杀戒。在与昔日伙伴、今之警察局长的对话中,有一句堪称经典的话:"只要挖得深,世上无好人!"

　　一般来说,好人、坏人自有规准、底线、评判。然而因着环境、情况、需要等等的变化,可以改变或影响对一个人的评价、定论。可推之于大节大义,可归之于市井风俗;无论在所谓的一定高度上还是在细微奥妙处,对于历史的、现实的人物、事端,都有一个具体的怎么看、如何认定的问题。

　　"举大事不细谨","大节无亏,小节不足复论","不以一眚掩大德","大醇小疵",这些话都不错,然而对照"只要挖得深,世上无好人"呢?

　　"投桃报李",拿原则当人情、作交易;损人利己,以自己或小团体的利益为考量;言、行、心、念不触碰大恶大非大奸,表面上正人君子,堂而皇之,如果"只要挖得深"呢?

如果再加上曾经熟悉的"狠斗私字一闪念",自挖人助,甚至剥开"画皮",去除"伪装"?

"暗室亏心,神目如电","头顶三尺有神明",人在做,天在看……

一切若以"只要挖得深,世上无好人"为绳墨、为尺度,恐怕只能说太夸张了!

韩信与萧何

　　韩信是个悲剧性人物,虽然出身卑微而经历巨变,虽然勇毅神武且多智,但成也萧何,败也萧何。

　　萧何原系小吏,与刘邦熟悉,为其老班底人物,在追随刘邦后"镇国家,抚百姓,给馈饷,不绝粮道",立下丰功伟绩;而他为刘邦挽留下韩信则是一件更大的功劳。韩信初为项梁、项羽效力,加盟归顺刘邦后,作为杰出的军事家,"连百万兵,战必胜,攻必取",自重自负;当他拥兵居功索"假齐王"爵位时,刘邦听从张良、陈平之劝,息怒假颜,心不甘情不愿地封其"齐王",功高盖主,桀骜不驯的印象不免存留于刘邦的脑海心胸之中。吕后是个厉害角色,与夫君刘邦一同起兵打江山,她深知韩信其人,亦了解刘邦对其的看法。

　　刘邦为王汉中时,部属离心出走者众多,韩信亦觉自己不见重用而起离弃之心,而对韩信颇为赏识的萧何丞相星夜急追,并在刘邦面前力荐,择时筑坛封其为大将,于是韩信频频出彩。大凡起义、反抗,掠城夺地立国,要靠打仗赢来、争得;韩信作为将兵之"神帅"居功厥伟,他曾经怀有忠君报恩之心,也说过"誓不叛汉"。刘邦一统天下之后,收了韩信的兵权,封之为楚王;后因故被贬为淮阴侯。

　　当韩信欲起兵策应他人反叛、被告发时,镇守京城的吕后即商于萧何,由萧何出面假传旨意诱骗韩信至宫中,遂遭杀害,并斩三族。刘邦在立国之后灭除异姓王,并有过"白马之盟"("非刘氏为王者,天下共击之");当得悉韩信被杀后,刘邦也无甚不满,"且喜且怜之"。

　　成也萧何,败也萧何,是此一时彼一时的事;然而前者、后者全是为刘邦着想、出力,萧何不愧是刘邦的老朋友、嫡系。

萧绎焚书

为了维护统一的集权统治，排除不同的政治思想和见解，秦始皇搞了焚书坑儒。"及秦始皇灭先代典籍、焚书坑儒，天下学士逃难四散。"（《尚书·序》）《史记》亦载："及至秦之季世，焚诗书，坑术士，六艺从此缺焉。"刘向批评秦朝："任刑罚以为治，信小术以为道。遂燔烧诗书，坑杀儒士。"（《战国策·序》）秦始皇焚书是一个极其恶劣的开端，尽管也有人分析其所产生的原因和带来的不同作用。

而另一种焚书，不同于秦始皇的是南北朝时南朝梁的萧绎的焚书，更加恶劣，令人无语。其出于心理上的落差，由一人一时之恶戾、报复，造成中国文化史上的又一次浩劫，使中华文化遭受重大的损害。萧绎（公元508—555年）是梁朝的第六个皇帝，为梁元帝，在位两年。其自幼嗜好读书，喜爱文学，有创作，热衷收集罗致书籍。萧绎自言："四十六岁，自聚书四十年，得书八万卷"，亦以"韬于文士，愧于武夫"自矜自居。当西魏攻陷帝都，他于仓皇应对、举措失当之际，搞了令人痛心的"江陵焚书"，将珍贵的浑天仪、古画、法帖以及古今图书十四万卷（包括他收藏的八万卷）付之一炬！当时他还振振有词："文武之道，今夜尽也"；"读万卷书，犹有今日，故焚书"！

昭明太子萧统（公元501—531年）是萧绎的兄长，是个神童，五岁遍读"五经"，九岁能讲《孝经》，诗文创作不在话下，曾主持编纂《文选》，亦称《昭明文选》，收集编辑梁朝以前千余年之间、出自100多个作者、700多篇各种体裁的文学作品，成为我国现存最早的诗文总集。在当时及后世影响很大，有"《文选》烂，秀才半"之说。然而天不假年，其去世多年后，孙子萧栋为帝时追尊其为昭明皇帝。

萧统、萧绎兄弟两人对中国文化的贡献和破坏就这么截然分明，而且巨大。

感知诗词

心目中,唐诗宋词的地位高上。

唐诗宋词博大精深,内容广猎,题材宽泛,表现手法高妙,名篇佳作迭出,当可谓万千气象,美不胜收。涵盖家国政事,遍及社会、自然百态,上天入地,包罗万象;叙事状物言情抒怀丝丝入扣、恰到好处。其中对于官场腐败、统治阶级的剥削和不公多有讽刺、揭露,对社稷人生诸方面多有关注吟诵感怀,对山川田园,羁旅行役以及琴棋书画茶酒、花草树木鸟兽多有描述,绘声绘色,鲜活灵动,涉及人心人性,关乎伦理教化。

形式上五古、七古、律、长调小令,巨则巨矣,细则细甚,言之有物,述之有序;音义相谐,律动有节;神韵风骨,栩栩如生;余音袅袅,习习有闻。给人以隽永、清越、壮美、婉丽的享受和孤直、幽咽、寂寥、愤懑的感受,趣味绵长,意境深远。

由此,在诵读、聆听、感悟之余,衷心祝愿根植于中华文化大花园的唐诗宋词花开不败,万紫千红,成为你我、人们案头、心际的至宝;也希望盛世再旺,出现更多的有识之士、有为之人习之咏之,创作创新,有更多的好的诗词作品面世、流传,不辜负前人,不亏欠后人。

乐　事

　　唐诗宋词是中华文化的瑰宝,是中国文学史上两座不可逾越的高峰,亦是中华民族的财富和精神所在。徜徉在唐诗宋词的神韵胜境,于景和风暄、夜雨青灯、冬雪卧榻……之日之时之际,或吟或诵或录,与先哲圣贤大师聚首、诗酒、游冶,实在是世间一大盛事,人生一大乐事,吾辈一大幸事。

　　"天意君须会,人间要好诗"(白居易《读李杜诗集,因题卷后》),"粗缯大布裹生涯,腹有诗书气自华"(苏东坡《和董传留别》),无论何时何地,诗词书文不可或缺。浸润于唐诗宋词之间,欣赏领悟那些脍炙人口的作品,由衷钦佩大师们的才识学养;诗无达诂,词亦同样,囿于背景、身份、时位的差异,体验、评价会有高下深浅。同一个人在不同的时段、环境,对同一首诗或词的感受也会有不同;可以见树见木,见智见仁。人是有情感,好恶喜厌,誉之毁之,要避免有失公允,力求格物致知,健全心智人格。所以诗书与人的气质、修养关系密切,人以诗书而充实、睿智。心可润相,才华横溢,自然气宇轩昂,自然远粗俗相,去市井气。

　　诗词书文的教化贵在潜移默化,唐诗宋词如同雨露甘霖,于人于事于世,功莫大焉。经过千百年的积淀、洗礼,其贯通时空,历久弥新,泽被后人。感恩源远流长的民族文脉:永远的唐诗宋词。

背　诗

喜欢也熟读毛主席的诗词，那时可以说做到了烂熟于胸。但一般也不会去倒背，所以倒背如流既称不上，也不太可能。

在中学的一次上课时，老师在讲台上授课，讲的是毛主席诗词，属长调（慢词）之类，我发现老师在板书的过程中明显漏了几句。年轻人把不住自己，举手指出漏了哪几句，一下子老师感受不佳，同学们亦交头接耳，嗡嗡声一片。

现在回想起来，当年此举大可不必，一则书本上有，二则老师在其具体的讲授中一般也会发现，不会漏掉。因为诗、词有"势"的力量，逻辑的力量，顺着顺着就会出来。

许多年后同学相聚，有人提及此事。而当年的老师不在了，好像是因病而又用错药且误时亡故，若在一定去致歉。但愿此文此心情老师亦能知晓、一笑谅之。

诗词中的雨滋味

读杜甫、蒋捷、李清照以及苏东坡关于雨的诗、词,联系自己的经历、感受,觉得十分贴切,写出了真情、真景,难能可贵。

"好雨知时节,当春乃发生。随风潜入夜,润物细无声。野径云俱黑,江船火烛明。晓看红湿处,花重锦官城。"(杜甫《春夜喜雨》)好雨知时适需,甘霖天下,滋润大地,给诗人和人们带来喜悦和喜庆。

"少年听雨歌楼上,红烛昏罗账。壮年听雨客舟中,江阔云低,断雁叫西风。

而今听雨僧庐下,鬓已星星也。悲欢离合总无情;一任阶前,点滴到天明。"(蒋捷《虞美人·听雨》)以听雨串起少年、中年、老年的不同情状及感怀,极尽诗人的无奈、苦恼,还有家国仇恨、遁迹不仕等复杂的心迹。

"梧桐更兼细雨,到黄昏、点点滴滴。这次第,怎一个愁字了得?"(李清照《声声慢》)联系其词开端的惊心动魄的七对叠字连用"寻寻觅觅,冷冷清清,凄凄惨惨戚戚",尽道心境。再观其著名的《如梦令》:"昨夜雨疏风骤,浓睡不消残酒。试问卷帘人,却道海棠依旧。知否,知否?应是绿肥红瘦。"同样写雨景,那种点物状景,细腻传神,那样悠闲风雅的生活描摹,可见不同时节、场面的雨完全与心情相关。

苏东坡的《定风波·莫听穿林打叶声》中有"一蓑烟雨任平生""归去,也无风雨也无晴"句,反映了他遭诬贬迁,于风雨飘摇之中,虽环境恶劣,但泰然处之。

其实生活在现时的你我,逢着雨,或滂沱或淅沥,也往往会使我们思人念物感慨,浮想联翩。如小时候,夏天,在洗刷过的三层阁地板上横着、卧着,看看《中学生》《少年文艺》杂志及各种小说的滋味;在农场因雨天享受所谓的"外国礼拜"时的喝喝小酒、侃侃"大道"的场景;在农忙时节中午的阵雨带来凉意,在天蓝气清人爽的同时,却想着待得雨停还要在烈日下出工的心情……

可以说,一个"雨"字千姿百态滋味无穷,将喜悦、惆怅、愁苦、别离以及景观景象景致等统统纳入、包揽、涵盖,互相渗透、融合,呈闻所未闻、道所未道、见所未见之万般风情于各式人等的眼前、耳边、心际,魅力可谓无限。

久视则熟字不识

明代吕坤(著名学者,思想家、哲学家)被誉为中国古代二十四儒之一。他有一段话非常有道理:"久视则熟字不识,注视则静物若动;乃知蓄疑者乱真知,过思者迷正应。"(《呻吟语》)清代曾国藩非常喜欢这段话,奉为至理名言,说、用为常,故而被认为这是出自曾国藩之口的名句。

此语的前两句是对一种自然现象的揭示,描绘了人人都曾遇到过,或有感知而不知为何的状况,甚有趣味,涉及人的心理、生理。从整段话看是服务于后两句的铺垫,重点在说明后两句的意义。无论"疑"或"思",可以有,也必须有,但过则有害,会陷入歧途。凡人若抱有刻意之心态、目光,持怀疑在先的预想去观察、追究某个问题某件事,必然疑窦丛生滋长,生大惑,进入由自己构筑的"死胡同",影响真正的准确的认知、真相。过思同样不是好事,容易钻牛角尖,一叶障目,丧失对事物的基本认识和正常反应。疑点、疑虑有两面性,疑而思、思而悟,去化解去消除,清心净虑,知真守正,便是好事。倘若生疑、存疑,因疑重而导致误解、误事,岂非可惜。所以大正至中,适可为宜,过则为祸。

关于前两句点出的现象太普遍了:一个字看多了或写多了会产生陌生感,恍惚之间便觉得、变得不识、不像;包括在查字典时,找到了,却以为不对;较长时间地关注、凝视,静止的东西便会在眼前活动起来,变静态为动态。越看越不像,越看越不对,不对板不对劲,这种静极生动、熟视生变感知上的差异产生了视线、视角的不同。怎么办?这时需要调整视线、角度、位置,便会恢复正常。那些原本就"识"或"静"的事物本身没有变化,因观察于单独、封闭的范围、空间,专心注视、凝视造成了视觉神经的松弛、调整,产生了错觉。

感谢先哲们的提炼、概括,生活中处处有科学、有哲理。

品　味

　　为人为事，习文练武，少不了学习、继承、借鉴、创新。举两个作诗为文方面的例子，说明借鉴、启迪的作用，师意图新，令人耳目一新，并且韵味无穷。

　　李清照工诗美文，词作尤佳。她的一些词作明明有所出处有所本，可人们情愿读她的。唐人有诗："昨夜三更雨，临明一阵寒。海棠花在否？侧卧卷帘看。"（见唐诗人韩偓《懒起》诗末二韵）而李清照的《如梦令》为："昨夜雨疏风骤，浓睡不消残酒。试问卷帘人，却道海棠依旧。知否？知否？应是绿肥红瘦。"此词语言清新，描绘入微，尤其"绿肥红瘦"四字，婉转地表达了作者惜花惜春的心情，是写景抒情的名作，比韩偓的诗韵味更足，故令人击节。又如其词《一剪梅》："红藕香残玉簟秋，轻解罗裳，独上兰舟。云中谁寄锦书来？雁字回时，月满西楼。　　花自飘零水自流，一种相思，两处闲愁。此情无计可消除，才下眉头，却上心头。"本句可以说受了范仲淹"眉间心上，无计相回避"的启迪，然易安的遣字造句更妙，细加品味，是何等的细腻、传神，其所寓惜别、思念丈夫的心情令人感动。

　　宋代王安石有诗《泊船瓜洲》颇有名："京口瓜洲一水间，钟山只隔数重山。春风又绿江南岸，明月何时照我还？"宋代洪迈说：当时吴中人家藏有王安石这首诗的草稿，"春风"一句，初为"又到江南岸"，旋圈去到字、并注曰：不好，改为过；复圈去而改为入，又改为满；如此来来回回改了十多个字，才最后定下"绿"字。（见《容斋随笔》）这个"绿"字将形容词当作动词用，给人以动感，春风吹，大地葱茏，江南明媚的春光挟带、涌动生机，在动在绿在变，就在那么美好的一个春的季节、时段，回家了；此与其当时的处境、心情有关，处不顺尚自胜。"春风已绿江南岸"则历来被人称颂、推崇。可就有人认为其本自唐诗人丘为的五律《题农父庐舍》的首韵："春风何时至？已绿湖上山。"

书宜多读

有"诗无达诂"一说,我想对于词而言也可以这样去理解。其实不仅仅是诗词,先哲说得很明白:书读百遍其意自见。读多了领悟就深,有些文字就不能仅仅靠字面或初次、粗略的接触那样去理解,而要靠局部、全局,连贯、转折,顺者、逆者,等等之类的角度去看去思去琢磨;而且不能人为地截断、切开,断章取义。从自己的阅读经历中试举几个例子,予以说明和解释。

子曰:"父母在,不远游,游必有方。"(《论语·里仁》)侍奉父母,孝敬长辈,生活在一起或近端"一碗汤"距离,不随便、随意外出。此话中的关节点在一个"游"字,为了更好地奉养父母,不远游,"远"是"游"的定语,若游,"游必有方",这里的"游"作"出游、远游"解,那么一定要有方向,有正当的理由和明确的去向,让父母有数,可以放心,因为儿行万里母担忧。而现时多见人截断此句,只说或强调"父母在,不远游",这显然是片面、不准确的,忽略社会生活中的另一个存在和实际以及父母、子女要注意、要遵循的孝道、规范,违背了孔子的本意。

"唯女子与小人为难养也,近之则不逊,远之则怨。"(《论语·阳货》)这则语录在以往曾经被批得很厉害,认为孔子就是在侮辱劳苦大众,然而其中在理解上存在几个误区。如(1)过去在批驳这段话时,只用了"唯女子与小人为难养也"而不见其后面的"近之则不逊,远之则怨"。(2)"女子"在孔子当时实际的语境中指的是君王或高位者所宠幸的女子。"小人"则是相对"君子"而言,指谓君王身边的佞人,而不是泛指所有的女子(女性)和地位一般的人群。(3)因为君王对他们的态度,近者,顺之、昵之,他们就可能或一定坏了规矩,失去礼仪,胡作非为;倘若远离他们,不假于颜色,那么就会招来怨恨、愤怒。(4)其中的"养"一般是指这些人的身心、正气难以培养、养成;当然也可以理解为"养"着、留着他们。

明面下的深意

唐代诗人张籍有《节妇吟》一诗:"君知妾有夫,赠妾双明珠。感君缠绵意,系在红罗襦。妾家高楼连苑起,良人执戟明光里。知君用意如日月,事夫誓拟同生死。还君明珠双泪垂,恨不相逢未嫁时。"此诗明面上写一个女子婉转谢辞一位"高帅富"式人物的追慕、示爱,从所遇、示好、收受明珠、感知情意,到表明情况及心迹:家境不差,住房高档,已有丈夫,且在为帝王服务,最后和缓地表示算了吧,美丽的明珠也不能收下,还给你吧;为什么不让我们相逢在我没有出嫁的时候! 全诗平缓和祥,不见不闻骄横或咄咄逼人之势之状,但有点故事情节,有画面感,包括台词、独白、镜头。一般读者均理解此诗为爱情诗、贞洁女的宣言。然而这诗是写给一个叫李师道的大官的。

李师道为中唐时期藩镇之一,平卢淄青节度使,又冠校检司空,同中书门下平章事,军政要职合系一身,权倾一时,气焰嚣张,四处拉拢文人、官吏,意欲扩大势力而有所图谋,然追附者众多。张籍与其政治主张、观点不一,他委婉地拒绝了李师道的拉拢,以诗表明心迹、志向,不与其同流合污。这便是这首诗的真意所在,不知李师道收到张籍的诗后的反应。李师道"识暗,政事皆决于群婢",其后举兵反叛为部下所杀。

朱熹的《春日》名头很大,写景状物抒情,作为佳作为人深喜;即便在今天亦如此,尤为书家所爱,常见翰墨。诗为:"胜日寻芳泗水滨,无边光景一时新。等闲识得东风面,万紫千红总是春。"诗以"寻"为重点,以"识"为归结,在晴朗的日子出游,入目一派春光,天地、山川、景物、身心、耳目"一时新"! 追根究源,原来是期待东风,盼着百花齐放,万紫千红,生机勃勃!

泗水即泗河,在山东东部一带。朱熹并没有到过那里,当时的泗水已在金人占据之下,他不可能去该处赏春、咏春,在泗水边寻芳。似凭空而来,却深寓含义,可以理解为春到失地,失地当复;失地已复,寻花访柳,春意盎然,大慰吾心! 其中体现了作者热切盼望祖国山河统一的愿望。

孔子曾经在泗水一带收徒授讲、传道授业，著名的"子在川上曰，逝者如斯夫"就发生在该地。朱熹是一个坚定的儒家门徒，心仪孔圣，希望儒学正道如东风一般吹拂，遍及天地、人心，一个"寻"字表达了诗人于世道纷乱、动荡之中追求圣人、圣道的心愿和意志。所以此诗还含有宣言的意味。

作家缘

认识也熟悉一些作家，讲几个与作家缘分的小故事。

1978 年我被借到延安西路上的少儿出版社，帮助抄录、整理一些诗稿并修改自己的一首诗，那是承诗人陈晏先生的提携、关照。其间接触了金瑞华编辑、施雁冰老师。施那时是一个部门的负责人，年纪在五十岁左右，个子略显高，有点严肃、不苟言笑的样子；也许是与我等年纪相差较大、我又是临时借来帮忙的人无甚可谈的缘故。《星星花为什么这样红》诗集于次年出版时，我已经顶替回城了，但由此也经常关注少儿出版社以及金老师、施老师。知道施雁冰也是一位作家，曾经是一师附小的教导主任，1988 年加入中国作家协会，创办过《故事大王》，著有《初夏奏鸣曲》《外国蜡烛和镀金戒指》《施雁冰作品集》，主编过《儿童文学选刊》《少年习作讲评》《小学生作文指导》等，是一位名气很大的权威人士，对孩童们极具帮助、影响。当时人也简单，也没有想到与其去保持联系，尽管可以通过陈晏、金瑞华或市出版、宣传口子。

我在担任某单位一把手的时候，接到市政府某委办的一个电话，要求放吴亮去作协。我了解此人，约七零届靠自学有专攻，在当时已是名声卓著的文学批评家，1985 年加入中国作协。当时他的关系在公司下面的静安冰箱厂。对于这样的人物当然要让其有更好的发展环境，我即与该厂领导通了电话，周厂长也有支持，促成了此事。以后有人介绍说有机会见一见，我谢辞了。

书　房

读点书的人，总想要有间书房，这在过去的家中是奢望，别说办不到连想也不敢想。

参加工作后，环境逐渐有了改变，有了办公桌、有了书橱、有了办公室（不止一处），而对自己要有个书房的想法也就清晰、强烈了。

我过去常去诗人陈晏的家中，不宽敞的住房也隔断了一下，有个小小的角落权作书房，大量的书籍报刊杂志这里那里放得满满当当，高则接近天花板，低则直接放在水泥地上，看他有时要翻找一些东西也要花上一些时间和力气，但那时自己对此的感觉还是羡慕的。

在市委机关工作时，有个领导分管的是新闻出版一摊，在他的办公室，书报刊物更多，连宽大的写字台的两侧都堆放着书报，人埋头办公，根本不能正面看到，有事请示，叫了之后其站起来才知道人在。其时他的办公室亦不小。看到这种情况，我暗想恐怕有一个书房才能应付或理干净。

待到自己有个书房了，虽然不大，十二三平方米，但事与愿违，初初打理干干净净，时间长了，就不行了，乱堆书报、乱堆杂物，几乎到了除了书橱外，在地板上在桌面上，有空就放上、堆起；用时也费功夫找寻，那个写字台上两侧也堆放了东西，人就局促地用中间那一尺多一点的空间。

什么原因？他人自己、过去现时，想想还是空间小，还是取舍的问题，因地制宜，"断舍离"，恐怕会好许多，可惜喜欢书的人不会随便扔！

书房的现状只能保持下去。

朋　友

在旁人眼中,我的朋友比较多,但是仔细盘盘,好像也不是那么回事。相聚的人多,往往在喝酒吃饭之时,遇上事或暂时不顺当时,出力相助的就会少许多;如若遇上大事那么可相商量、助渡难关的人就更少了。从这个份上说鲁迅认为人生有一二知己足矣是有道理的。

多个朋友多条路,朋友多了好走路是老话;市场经济了,朋友就是人脉,人脉就是资源,整合资源,用好资源可以带来财源。于是讲缘分,觅朋友,有缘走到一起来;在家靠父母,出外靠朋友。殊不知你在找觅朋友(别人),别人(朋友)也在觅人,以一时的利益、利害结交或弃舍朋友总是难的,也就会交不到真正的朋友。

历史上,社会上,在我们的身边有着大量的交朋友的佳话以及笑话或事端,但学好的难,学坏的易。"君不见,管鲍当时交,此道今人弃如土",再好的朋友,时间久长了,也会淡漠或走散,套用、借用一句俗语:花无百日红,人无千日好。这个"人无千日好"既是指身体方面的,也可以指人际关系、交友方面。在变化莫测、变幻多多的今天,也会产生朋友之痒,交个朋友达千日之好的也是可以的了;人走茶凉,更是一个有力的注脚。许多所谓过去的朋友,曾经走得很勤,隔三岔五或电话或约聚的不见了,不闻声息了;即使有事找上门去,爱理不理或避而不见,令人不欲再见。

所以朋友要交真心的,自己会感恩,朋友懂感恩,无论淡淡、浓浓、经常、许久,概无关系。有事有话议议说说,无事无话报个平安。切切不可有因为在朋友之间曾经帮过一次忙,要他人记上一辈子、回报一辈子的想法。

相望相思不相见

有一个故事，恕不道人姓名。文坛大亨，有缘相识，某君经人介绍欣欣然去会面，十分高兴。哪知归后居然说道：闻名深望见面，相见不如不见。此系求见欲见者不满对方（即大亨）的口吻，涉及学识、胸襟、格局。不幸在以后的岁月里，这些毛病不时被证明，为多人所闻所知所诉。

所以朋友之间有的时候还真是相见不如怀念，不见或可以产生种种别样的意义。经历丰富的人，生性率真豪爽的人，朋友相对多；时与日俱逝，因时因事怀旧怀友，会想念起老朋友，走散、离去、凋零是常态，但怀念永在，旧雨新知，总有惦记、念及或欲重逢。曾经相聚交往频频的热闹场景、你来我往的热乎劲头、贴心贴肺、有话直说的至交朋友，这些难道就轻易忘记？然而事实或实际总有出乎人的意料之外的，你以为的老友，你在想念的他人，就可能和你不一样，已经淡忘、忘怀。托人带声问候，对方回想好久才恍然大悟：是他呀！抑或见了面，不热络，超冷静，语调平平，"噢"的一声，叫不出姓名，甚至无话可说，目光飘移。这就是因为如你一般的记忆、情愫已经不在他的心目中了。遇此则远不如想开，想想而已罢了，像唐代王勃在《寒夜怀友》诗中的那样："故人故情怀故宴，相望相思不相见"，不是没法相见，而是不欲相见。

当然可以有更具积极意义的理解、认识：相见不如不见，为的是保留那记忆中彼此间曾经浑厚的友谊、美好的形象及其印象；不要重逢，不如不见。

相　　处

人会忘事,这是常事。但如若有意识、有选择、故意地忘事,严重了,就不是忘事而是忘本,全然忘记自己的过去、过去的自己,因一时一事或暂时、阶段性的得意、上位,否认自己的过去,掩饰过去的卑劣、贫贱,好像自己从来就是如今一般的光鲜亮丽;其实人人心头都有一本账。

那么些青梅竹马、总角之交之类,那么些平淡寻常一起长大的贫贱之交,那么些胼手胼足,生死与共的患难之交,则统统不必提、不会提了,见了只当不认识。别人提及则曰:记不得了,哪个人? 好像不是。我曾有数次有十足把握向暂且发达的人士提及我们共同的老友、好友,就获得这样的结果。他只是个珍惜今日今时,"怜取眼前人",重视身边人或相同档次的人。

不仅如此还惟恐这些人寻上门来,碍手脚、添麻烦,分点好处沾点光,那更是忙不迭甩开、甩干净。

人的发达有必然性也有偶然性,一般来说容易起变化;而且到了老年,退下来后,大家又一样了,平起平坐,想着聚了,老邻居老同学老同事老朋友老战友,不过那时的意味又会有异,不复当初,也要自己去适应。

家乡有句老话:未富先富不会富,未穷先穷不会穷。得意光鲜的时候不要忘乎所以,看到不如己者、或有求于己又能帮得上忙的人和事,伸一下手。设身处地想想当年,想想他人;想想老下来,退下来;想想可能一下子会什么都不是的时候,想明白了,就会心动、行动,会容易与他人、与社会相处得好一些。

交友之道

在我们这种层面,在交朋友方面说不上"一死一生方知交情,一贫一富乃知交态,一贵一贱交情乃见";只是在可以的时候想到一些老朋友,比你处得差一点的或患病卧床的或恰遇难事的;这里谈不上贫贱,虽然老去,但基本的生活保障都有,如君有点余力,聪明点的还可以做一些"钱生钱"的事。

一贵一贱交情乃见,不是说贫富差距大、社会地位悬殊的关系,而是指当一个人处高位时落魄时的所遇,是他人对其、单边单向的,有点富在深山有远亲,贫居闹市无人问的意思;或如陈胜为人帮佣时和造反成为"张楚王"时而遭受被贬、被褒的强烈反差那样。这方面自己有点感受,经历过一些;但如今概以过往,可以释怀,不必多提了。

记得对于已经发达了的朋友,或高高在上或腰缠百万、千万、亿万的,少去找麻烦、少套近乎;尤其是由于工作关系形成的朋友,当初也不见得有深交,只是可以,并不热络、默契的那种。对于比我们处得好的人,或好许多的人,在碰面相聚的时候,少提共同的既往,不提贫贱之时的事,尤其不讲其当初的衰事、破事和自己过五关斩六将的往事。凡事强调多了,讲多了,就会生出些别的意味来,说者也许无心,闻者惊心或不悦,就会产生矛盾。

在实际交往中,尤处于在别人眼中你不过如此,"低下""没花头"的时候,少提人,不必显示自己的见多识广,有人脉有社交有能力。这种现象、毛病往往在酒席上为多见,其实自己往往也是如此这般。这种提人可能还会适得其反,若你所提的某某人与在坐的是个冤家对头呢?!抑或你口无遮拦、大说某某人的坏话、丑事,各自回家后,在坐的某人一个电话告之某某(而当即便可利用手机、微信联系),且这个某某又与你有利益关系,岂不坏事而你又不知!

还要避免"祥林嫂"式的诉苦、诉说,有些事、有些话不是人人要听的、受欢迎的。初听者反响如何不知,对已知晓者只会浪费时间。

交友之道　165

要接受现实，许多你过去的朋友，或通过你认识的、结交的朋友，因时位迁易，或利益关系，你被边缘、甚至出局了，许多事不想让你知道，不欲让你参与，酒茶聚会你不在其中；其实你也有数，或你就在隔壁房间，那又怎样呢?！人是独立的个体，日子还照样过。

走　散

　　朋友疏远了，淡忘了，走散了，找不出原因，甚至想不起为什么。当然其中必定会有缘故，或因话语、因观点、因利益、因差距、因嫉妒……一般说来，比较实在的原因会是：计较，由计较产生的猜测、较量、矛盾、幸灾乐祸、诋毁……所致；当然不排除仅仅是熟识并非真心的交往，不排斥时间使淡而无味的情分中断、阻隔；或因老而乖僻造成渐行渐远的疏离。

　　古今中外名人有许多关于朋友、交友的信条、忠告，十分在理，值得记取。如："朋友，以义合者"；"同声相应，同气相求"；"同德则同心，同心则同志"；"志同而气合"；"同志则友"；"道不同，不相为谋"；"以财交者，财尽而交绝，以色交者，华落而爱渝"；"以势交者，势倾则绝，以利交者，利穷则散"，也许，就我们而言，有些高大上。比较贴切的是亚里士多德在《伦理学》中说的，朋友分为三种：第一种是彼此希望对方过得好的；第二种是彼此有用，互相利用、利益交换的；第三种是能给彼此带来快乐的。亦有饱学之士指出，朋友、友情需要有三大因素：接近；没有功利性的持续交流互动；让人放下戒备、相互信任的环境。

　　人数过百，千奇百怪，反映在交往处朋友方面也一样。在一千个人的心目中，对朋友的理解、认识、感受会有一千种甚至更多的观感，而且随着时光的流逝，事物的升沉而变幻。

　　想求取或怕得罪，图光鲜而多掩饰，有机心太重，盘算过精，实无必要。热闹时不在乎，势顺时很方便，一旦时运不济，若老想着当初怎么怎么，现在又如何如何，诸多比较、对照，总觉得如今他人不好说话、不肯帮忙，抑或想当初自己也付出过，他人忘恩，回报不彰。心态会越来越不平衡。

　　接受老朋友的离散，淡忘功利。有消息传来也好，无消息闻达也好，花开花落两由之。不过在内心总要存仁意，欣喜朋友的自在、健康、富足，向好里高处发展。

聚　会

聚会多起来了,在我们这种退休后的人之间大概是一个普遍的社会或人际现象。小学同学、中学同学、大学同学、老邻居、农友,新老单位同事(企业、机关)、社会朋友、朋友的朋友等等,人约我、我约人,可以就此忙得不亦乐乎。有的圈子甚至还作出约定,相隔一段时间必聚。

相聚形式、范围不一,或三五成群,两桌三桌,或会上几十人,聚之上百人,大圆桌、自助餐。要感谢那些有心人、热心人,亏了有他们;因为联系落实通知是件费力的事。偏偏有的人好不容易联系上了,他又不想、不愿、不屑来,尽管提及有的人想与他见见! 没有什么利害关系的人容易聚、方便会。然而有的还在位或有点忙的人约起来就难些,电话、微信、短信来来回回,说定了又变了,应了那句家乡的老话:造酒容易请客难。

这样的聚会只是回忆,讲讲老话、空话、套话、大话、酒话、疯话,放松心情,不能太认真、太较真。就小事旧事往事争执分辨,脸红脖子粗、恶声相向甚至人身攻击,没有必要。可以听听、笑笑,一只耳朵进一只耳朵出,会会友、看看人而已。想聚尽可以找机会再聚,若想要趁此获益得利不应该也不太可能。有的人来过几次不来了,有的人则逢邀即至,有的人主动发起欲多约聚几次,这都看心情秉性,无法论好与坏、应该不应该。

这样的聚会往往需要发起者提议、召集;有人牵头了,热心热衷的人多,所以就聚成了。相聚的人按圈子看或定方式、地点和时间,吃点什么在其次。或有人买单或AA制。我一直以为不必太计较,有能力的可多多花钱,有条件的可多多出力,"劈硬柴"也不是不可以。积极的,不厌其烦,一呼即应;有敷衍者,没有下文,有断舍离者不予响应(估计"新冠肺炎疫情"之后,此类人会增加)。见到"群里"有出挑者,隔三差五频频相聚,或餐或歌或牌,实在有点佩服。聚会,其实人来就好,聚齐而已。能走得动、吃得下的时候大家之相聚欢快的气氛会多一些;真正七老八十的时候之相聚,尤其是小辈扶搀而来时,相信伤感会多一些。

不能计较

倒是农场场友间的聚会多了起来,同届的、同校的、老三届的、一个连队的、一个排的、一个宿舍的,甚至场部、营部、曾经搞过相类似工作的、彼此讲得拢的等等,只是要有热心人筹措、组织、安排。现在有微信、微博等平台,依靠"群"之力,给聚会带来方便,往往群主一个号召,响应者众;即便有人暂未知晓,即便有人一时未作决定,抑或有人根本不想参加,于是群内的民众各显神通,四下联系,发召集令、下英雄帖,总之大家高高兴兴地来了。平素散居在各处的人们便可以聚在一起吃饭、唱歌,去农家乐,去天南海北旅游。聚会是欢乐的。

农友的聚会其组织和参与在不同的人心目中还是有些别样的味道,各人的想法会有不同,所以不必太在意。有兴致则去,有事请假,去则两便,不管是 AA 制或吃请;有话说说,无话诺诺;看着变老变衰或依旧显得年轻、活力四射的昔日农友,感慨之余付诸一笑。

人一多并借着酒劲,有的人精神头会高昂,或吹嘘、或戏谑、或借机发挥、发泄昔日之不满,或以其今日之发达抵毁昨日之居上位者;说起自己的情况、提及子女的发展,话题就不会断;有的充满了对生活的满意,有的则一肚子怨气,有的对养生健康之类颇有心得,有的则是积极的"驴友"。与会的人中有的比较淡定,听听笑笑,时不时插上几句,纯粹是前来会会老朋友,忆忆老辰光。也有因此而生出些事端来,有的竟会当场勃然变色、骂起他人、攻击别人。往往人多了会出状况,当面好好的,背后却传些流言蜚语,又有人多事,搬来搬去,在很正常的交往中产生隔阂、矛盾。有的还编出些离奇的话题,夺人眼球,并借助日益发达的网络、微信、自媒体,言之确凿地标明此系出自何人之口、发生于何时何处。

切不可把聚会当成计较的场合,执念于你占上风我落篷、你输我赢之类,争多论少、说长道短。

有明智之人说过：可以聚，没有功利；可以大聚，见见面而已；可以小聚，投缘即可；可以不聚，相见不如怀念。真对，聚出毛病来有违初衷；在晚年再为自己添堵既不值又无益。

没有下文的约聚

我有多个朋友,他们的共同特点:热情、好客、爽气,也透露出真诚;常常在很开心的场合下约定:一起吃个饭,好好聚一聚。但却也往往落空,因为没有下文。想过这个问题,也试着寻找原因,或许由于如下:

1. 曾经的熟人、朋友,可以请,有请的基础,发出邀约,互相认可;

2. 恐怕有更重要的客人、应酬(如上司、业务等),而资源、时间有限;

3. 没有即刻顺手可用的关系人或可以免单之处;

4. 被邀请的一方也未必有空(此仅限于发出邀请方料想、猜测),大家就这样说说,不当一回事;

5. 时过事过境迁,说过讲过吃过聚过。

尤某人,其为熟人,曾经的好友,又是同事兼上下级;以后离开了也时有碰面,十分熟络,语言、氛围令人感动,表情绝不是假的,提及某人某事或某个特殊时段,甚至会泪花隐隐。亦多次相约,安排个饭局,包括约请哪些人,讲过多次,但不见落实;所以也不放在心上。一次遇他人说及此君及此情形,竟有同感,于是干脆当场查验,认真一回。一个电话过去问怎么回事,何时约聚?"噢,有点忙,再联系";"不好意思,我忘了,定下来我会给你电话";各人一个电话获得以上不同的两个回答,其实意思是一样的,说说而已。

这种口头禅式的相约已经成为今天一些人的行为艺术了,带有标志性;成为一个社会方面的硬伤,估计当事人并不以为然。不过我相信倘若其真的有事,要找上你或别的什么人,那么那个相约必然会成为实事,会得到落实;而且一般在口头相约时就会定下日期、地点,并且会有电话后续催促、跟进。

身边类似的人不下五个、八个,有这些人也蛮好,增加一些生活的和谐、戏谑,有这些人、这些话在,至少不寂寞,有念想的机会;如果你实在不耐烦,当回事、等不及、有想法,不妨去个电话。但总体上说,有些约聚你不必太在意。

衰暮思故友

韩愈有诗云:"少年乐新知,衰暮思故友。"白居易亦有"老来多健忘,唯不忘相思"句。这都十分有名,表达了步入老迈之境,那抹时不时袭上心头、脑际的浓烈的念旧、相思之情厚重得化不开,绕不开,令人感慨、感动。

两位大诗人的诗,分别为《除官赴阙至江州寄鄂岳李大夫》(韩愈);《偶作寄朗之》(白居易),两诗均为五言古诗,又都作于诗人的晚年。韩诗谈老境:"我齿落目尽,君鬓白几何。年皆过半百,来日苦无多";"少年乐新知,衰暮思故友";"桑榆倘可收,愿寄相思字"。白诗则描述了与老友皇甫朗之的结识交往:为乐新知,花前月下,斗酒赋诗,情深谊长。回顾既往,历历在目,分别经年,牵记挂念,最后以"老来多健忘,唯不忘相思"结尾。

两首诗的字里行间,情意绵绵。其中也揭示了人性,带着普遍意义;所以即便在千百年后今天的我们,读到这样的句子,油然升腾起同样的情愫、感怀。这里没有官位、财富、成就的比拼、支撑,有的只是当年的交往、交情和友谊。

韩愈曾经为教育儿子要刻苦研读,特地写了《符读书城南》一诗,诗为:"两家各生子,提孩巧相如。少长聚嬉戏,不殊同队鱼。三十骨骼成,乃一龙一猪。"儿子韩符听进去了,以后有不错的出息。这样的少小相嬉,三十乃成,一龙一猪造成的地位、身份悬殊的伙伴,不知在晚年光景会相思、忆及否? 我想应该会的,老友也包括了总角之交或贫贱之交。

劝酒的本事

见过不喝酒的人劝酒的情状,称得上本事大,会忽悠,当然其至少具备如下特点:能人、受欢迎者、领导、大哥,有地位,说话管用。那种于酒席上的热闹欢快非经历者不能得知。

无论是男是女,姓甚名谁,都可以妙语迭出,诙谐风趣,于是乎一杯酒下肚,一阵阵笑语声哑然而起。如姓张:张口来;姓宫:宫不破;姓汪:汪洋海;姓金:金不换;姓李:离不开;姓马:马不停;姓淡:淡如水;姓王:王中王;姓包:包干净;姓刘:留不住;姓全:全是我。这些都是中心词,前后可以搭配或附缀,诸如此类,不一而足;那时那景,只怕酒不够,不会不尽兴!

至于更夸张的,如"感情深一口闷,感情浅舔一舔","感情铁,喝出血","陆军地量,海军海量,空军无量";"小车不倒只管推,友谊老酒天天醉"(其中的"友谊"两字可以置换),"你来我往尽开怀,黄浦江里鱼也醉"(其中的"黄浦江"也可以置换);这样的顺口溜很多。

李白诗曰:"天若不爱酒,酒星不在天。地若不爱酒,地应无酒泉","醒时同交欢,醉后各分散"(《月下独酌》),老实说喝酒的理由太多了,劝酒的花样当然更多。

但总归要有节制,这也许人人都会说,热衷于酒的人在清醒时不喝,刚喝、喝得少的时候也会说这样的话,不过的确是说说容易做到难!

"菜鸟"级的茶酒水平

喝酒也吃茶,但率性随意,没有刻意、讲究,谈不上牛饮鲸吞,但不重品味、浅斟慢酌之类。关于喝酒饮茶的道道,只是一个标准:这茶好喝,这酒不上头。

我的酒友多一些,茶友略少,很佩服有的酒友、茶友有悟性,而且记性也好,在酒中、茶中长知识,或做功课或口头传授或品尝实践,有听有记,有琢磨有总结,于茶道、酒道,极易上道、得道。可以就酒的品种、大类、产地及口味特点,可以就茶叶出处、品质、高低排序,绿茶、红茶、发酵及半发酵等等说个明明白白,如同出色的酿酒大师、茶人。他们那种说起来滔滔不绝的劲头,头头是道的修为,真正令人称道。

家中有酒,也有茶,居家不大喝酒;吃茶也只是一杯茶喝上半天、一天,不分季节,不管红绿(茶)。虽有茶具,但从不大动干戈,摆开阵势,洗烫烧煮、分杯入盏等。对其优劣好差,益妙甘涩之类就是记不住。所以看来只能成为极其一般的酒友、茶友,充其量在"菜鸟"级。

工具箱

同学孙工，头脑灵光，手巧出活，年轻时同学、朋友间以其为依仗，家中的水、电、器具一概搞定。工作之余外出小弄弄，也因为技术、手艺过关，被誉为"孙工"；曾经进一大国企专事物业亦被认可，欲升其职之际其却另有图而离开了。

他肯钻研，会动脑筋，又肯动手，不惜力气，应着"心在一艺，其艺必精"的道理。然而他所使用的工具却不多，简简单单一个小包：螺丝刀、扳手、锉刀、电钻、锤子，除外用得多的是老虎钳；也会根据需要制作一些灵巧管用的小工具。

现时流行"工具箱"一说，应该是从诸如孙工工具包演变而来，其所反映或欲表达的是指"箱"内东西多：工具各等各式，看用于何方何处，包括工艺、技术、管理招数，甚至政策、措施，适用性广、时效性强，当可谓一个包罗万象、应对一切，可囊中探物、称心如意一般的"百宝箱"。

其实，许多事情不是如此这般可以简单把控的。处变化变动变幻之中，以不变应万变的则是实事求是。取决于情况明，信息灵，全面占有材料，找准问题、困难的症结，明确化解矛盾的关键，拿出应对的方法。不做懒人、庸者，看清形势、走势、趋势，以问题为导向，问需问计问策于人于市场于社会，防止见事迟了，货不对板。不断充实工具箱，发挥各类工具的有效性：实用、管用。针对阶段性、长期性，局部性、全局性的局面和情况，统筹兼顾，而往往这些适应新情况新变化的工具不存在于工具箱，而要靠着应变、充实、创新、创造。绝不能闭门造车，也不允许靠拍脑袋、拍胸脯、拍屁股来断、来定、来推行。

小处说需工匠，大处说要有国手，各行各业概莫除外。因事因世、因时因势，从实际出发，钻研、实践、改进、总结、提高，无论博览约取，无论亲炙私淑，"本领"就是硬道理，正所谓没有金刚钻，揽什么瓷器活？！

爱惜羽毛

沈兄是我的一个老板朋友，属于"贫贱"之时交下的朋友，发达后成了老板；这不是拉来老板为自己站台，以示本人高且大那样的档次，有别于：我的朋友×××或×××是我的朋友，引政要达官大佬为荣的那种。

其草创、初创之际，有干劲有冲劲，可以不管不顾，连轴转；冲得出，锐猛闯之状可嘉。解决了第一桶金之后，择选了行业，从小到大越做越顺：从租房、租楼到拥有自己的办公楼、别墅，从一家公司到多家公司，进入不同的产业；这当然不是一天两天的事，但就这样走过来了，发展发达起来了。当然为他高兴。我们也时有联络，虽然隔行，虽然有时会变得联系少一些；但碰头见面，可以畅开言谈，心无芥蒂，亦无防范，也没有相互间的奉承拍马之举。

长期的拼搏致使他的身体不怎么样，事业做大了，身体也需要跟上，一次我也认真地与他提及了爱惜羽毛的话题，因为无论就企业规模，管理规范，身体状况，社交人际等都需要朝前一步，搞好"内装潢""精装修"，尤其在考虑多元经营或准备上市的时候；他也听进去了，外部环境变化了，企业便须适应。沈兄的事业显得稳健，到处跑跑，依旧喝酒，也看看书。当与其酒酣耳热之际，提及唐宋之间的"灵隐寺"诗中的"楼观沧海日，门对浙江潮"，"桂子月中落，天香云外飘"（此系写杭州景观的名句，其母莫干山人，又常去杭州），并谈及骆宾王与其人其诗的关联、传说，面红耳赤也别有滋味。

实在的王总

有一次我与几位医生朋友在外吃饭,刚入酒家,即遇到王总,他是我认识近50年的朋友。他一见我便说:"请你一起聚聚,你没空,没想到晚上也在这里,不期而遇。"

我的几位医生朋友平时矜持,学有专攻医者仁心,有过一段时间的接触,与我方便,于是便熟稔。约了几次,要趁大家都有空,也不是易事。餐叙间王总从隔壁过来,同来的赵兄也是医生与华山医院有联系,而我的几位医生朋友又供职华山,于是一说便熟,大家举杯,我介绍王总与我的交往,令在坐的"80后"咋舌,又看到他的模样,英俊潇洒挺括,而且年轻之状,不相信他居然已六十多岁!

随后我也和赵医生等去隔壁敬酒,来而不往非礼也。在结账时被告之王总已处理了,你们放心走吧。

王总就这样不声不响,做事到位。他与几位老同学一起创业,事业有成;尔后另辟蹊径,有分有合。平时好交友,不高调,坦诚而不计较,顾脸面,能交心,所以朋友很多,新知旧雨,其乐融融;也帮了很多人,带出一些人。自己的事,家人的事,朋友的事,企业的事,社会的事,处理得都恰到好处。

我与他联系颇多,彼此家属、子女都相识。但一般情况下都是先电话联系,有事聚、有空聚,节奏松散、自然。多年以来,我的一些朋友也渐渐成为了他的朋友,包括朋友的朋友。有时候说起来,有人还责怪我为什么不早些介绍;有时候在餐桌上互有提及,于是又是电话又是相约,不亦乐乎。

志　　明

　　志明兄是台胞，我们先后各自"顶替"回沪在一起才熟悉起来的。他大我一两岁，脾气直爽，大概在东北呆了多年受那里环境的影响，看不惯不会忍着，敢发声"呛"；一副典型的极易辨识的闽南人的面孔。我们也算谈得来。初初领导上对他好像也不错，后来不知为何就平淡下来。总觉得他有怀才不遇的感觉，骨子里是一个想做事、不甘寂寞的人，但可能就是时运不济吧。因为是台胞，所以也多参加一些相关的活动，但也不见被用。后来他离开，比我离开公司要晚些，他开过公司，印象中也搞过广告，后来在浦东开了一家模样不错的餐馆。

　　我在外与朋友交往中，有人提到志明兄，大家遂见了面，在他浦东的店里一起喝酒聊天。他的样子没变，依旧干劲十足，说现状、谈想法，对经济关心，也在从事一些活动，社交广泛。在对往事的感慨之余，不知为何我对他的一些情况提不起兴趣。以后我因岗位多变，与志明也基本断了信息。

　　又过了十多年，一次与老邻居聚餐时，旁桌上一位林兄认出了我，过去也是同事知道我，聊开了后他告诉我：志明兄前不久去世了。我很惊讶，具体情况林兄也不太清楚，我觉得志明兄身体不差，经济状况也不差，社会、人际关系也不差，年纪又不算大，有点可惜了！

老　友

与张兄的关系比较复杂，"叠加"处颇多：先后校友（小学、中学、业大）；邻居；同事（曾经一个办公室、一幢楼上下层、一个系统、部分工作相同）。比较投缘，经常有聚，喝茶饮酒聊天议事交流等，其为人低调，工作多变，但也不见有一阔脸就变的样子，少年老成急可相依秉性未改。

在差不多已经不鼓励或强调插队落户时，他为学校长脸，去吉林插队，行前入了党。在农村呆了几年，与同一集体户中的几位成了好兄弟，回城后各自发展，互相帮衬，均跻登成功人士之列，而且颇为出挑。

从他那里，从其他人那里得悉他去大领导身边工作时，既为他高兴又觉得那是一件辛苦事，同时也感到碰头的机会要减少许多。虽然如此，但联系未断，互相问候、牵挂。说来也巧，若干年后我们又成为同事，归入一个大口，又干着相同的一些工作，既顺手又默契。他依然不徐不疾，过着自己想过的日子，有空读书，兴趣广泛，涉猎颇多，对于自己所读的书往往有感有悟有心得。可以有更好的发展和机会，也有些位高于其，可以说得上话的人劝他或带话给他，他都淡然，不想给领导添麻烦；平时也不见他提及那时情景、那段时间内的事。工作之余，喜欢上了木雕，静心凝神，走心用刀，或在书房或在小花园的亭子里雕琢、打磨，于是在他的手下活灵活现、栩栩如生的知了、龟、猴子之类就出炉了，他赠我的小物件细腻，具象，有趣，可爱。

他为人热心，尽责，侍奉父母，关心弟妹。身边朋友很多，处事豪爽，"拎得清"，无论大事小事，单位事，朋友事；于我帮助亦很大。平素还有点侠气，有些久经沙场的沧桑感。

索　字

　　黄兄农民出身,年轻时吃过苦,常听他说:"出去两只空拳头,回来几只(张)黄鱼头",说的是出海打鱼,黄鱼头也可以理解为当初的人民币5块钱。后来做了领导,到过不少岗位,但本质上还是个文人。在繁忙的工作之余,对自己的要求没有放松过,文章、诗、字、棋、茶、花艺等都有攻研及涉猎,知识面宽,有些方面造诣颇深,曾经还是市高级专家评委会的成员。

　　他曾随著名书法家刘先生习字多年,虚心求教,受益不浅;而因为其平素为人诚恳实在,也深得刘先生的青睐,师生关系很好。他一次打电话给我:"在与刘先生吃饭,你要写点什么字。"平时我们没有说及过,但对刘先生是知晓的,其功力非同一般,擅长小楷遍及其他,出过书法方面的专著,是上海书法家协会的头面人物,其书法造诣在高层也被充分认可。我与黄兄熟悉,他知道我会喜欢的;当时我顺口就说了请刘先生写张若虚的《春江花月夜》,话一出口便觉不妥:出了难题。唐诗人张若虚此诗千古名作,字多,属小楷的材料。果然黄兄愣了一下,"那别的呢?"我便换了要求:韩愈的那首——"天街小雨润如酥,草色遥看近却无。最是一年春好处,绝胜烟柳满皇都"。过了不久,他便将刘先生的墨宝送到我的手中。之后还请黄兄说情,请刘先生再赐墨宝,专门写了明钟惺《浣花溪记》中"穷愁奔走,犹能择胜;胸中暇态,可以应世,如孔子微服主司城贞子时也"的那段话。

"马上来大钱"

现在的祝贺、拜年比较直白、实在,新年了,恰生肖为马,于是从过去的"马上封侯(猴)"变成"马上来钱""马上来大钱",钱源源不断,滚滚而来,自然快乐、喜庆。

在接到大钱兄给我的微信:"马上来大钱"时,不禁莞尔,即复:彼此彼此,大钱好! 既是问候,又是希望互相有大钱来,来大钱当然好。

大钱兄人高马大,直爽随和,相识已三十多年,来往不断,家人熟悉,朋友重叠。早先因工作认识,以后熟悉、相交、相知;其头脑灵敏,记忆力好。如对交通道路熟悉,包括江浙一带,高速、地面甚至小路,就是一张活地图。对股票熟悉,有时随意提及他却可以侃侃而谈,从大势到个股,表现、走势、研判样样上手,好像他并不炒股。人头熟悉,某某的情况,某某的特长,来龙去脉,可以一一道来。酒量大酒品好,属于宁伤身体不伤感情的人,即便一时酒多了,不吵不闹,不拖累别人。爱好体育,尤桥牌打得好,又是个热心人,有积极性和担当,经常组织、联络,为牌友服务,其乐融融。他一手字漂亮,我估计对他的发展也起过作用,文字、表述头头是道,办事颇有章法。

他长期在一个岗位,接触的条线和工作面既广又多,为人热心朋友多;我算是朋友多的人,而他的朋友比我多得多。朋友间有事找上门、哪怕有的朋友贸然自行找他都能热忱接待,事后也不见计较或邀功。多年来,我因工作,曾就系统内诸多单位、个人的困难、诉求找他;也因为自己以及朋友的事情麻烦他,其中有的事情较为棘手,难度很高,而他都能鼎力相助;平时互通情况,问讯咨询,有求必应。对于这种长期以来的帮助、帮忙,我十分感激。在别人眼中,我们是"全天候"令人羡慕的好兄弟,对此,我是沾了光的。

钱夫人一次感慨地说:"像你们这样几十年下来的朋友也真太少见了。"

我母亲亦挺认可大钱,说他人好。

青草沙

青草沙位于长兴岛的西北方,占据了长江口江心部位,该处拥有大量优质淡水。2010 年建成的青草沙水库拥有近 70 平方公里的水面,库容可达 5.5 亿立方米,相当于 10 个杭州西湖;其供水规模占了上海全市原水供应总量的 50％以上,获益受惠人口达 1 100 万之多。长达 43 公里的堤岸,一侧是为了阻断长江浊水对水库的冲击、入侵,黄浊翻滚的江水持续地沉重地拍打长堤,激溅起水花,有点惊心动魄之感;一侧则是水库,其水清澈平静,波光粼粼,阳光下,和风习习拂来,令人心旷神怡。

杨总安排组织的青草沙水库之行让我们开了眼界,临走还带上了水库养的白鲢鱼,真可谓一次有着美好享受及回味之旅。

因为工作关系,数度去长兴岛,也曾参加过由江南造船厂等单位迁入其处的中船"江南长兴"造船基地的开工奠基仪式。与杨总相识交深之后,长兴岛便成为自己经常想到、要到的一个好去处。我身边的许多人受到他的款待,对长兴岛留下很好的印象。

杨总作为一个单位的负责人,事业心强,虽工作岗位数变,但都能干出名堂来,属于一个有学历、有能力、有口碑、出成绩,手头各种资源丰富(尤企业、人际方面)的能人。其为人热忱,办事妥帖,可以说情况明、政策清、办法多,帮忙、服务都在点子上,能够与企业、服务对象如朋友般坐下来交心交流,未雨绸缪,对一些可能会遇到的情况、问题想在前、料在先,研究应对方法、措施,进而取得成效,事半功倍,故而受到各方面的好评和欢迎。

其为人谦虚好学,工作多年仍不忘、不断学习,无论讲座、培训、更高学历的进修深造,持续加持,以新知识、新技能充实自己。其待人接物不存有机心、没有势利眼,尤其对待老同事、老领导,一如既往,常来常往,嘘寒问暖,又多为自掏腰包。在他的身上看不出盛气凌人、骄横之态,也没有攀比不甘之心,是一个实实在在的持平常心、干实在事的好人。

　　对于这么一个优点突出、作为明显、成绩出众、各方面发展较为全面的干部，我总觉得有点可惜：应该让他发挥更大的作用。这个想法、看法不光是我一个人有，也曾经有大领导希望他去或什么的，但他没有动静。突然，我感到他有点像青草沙水库的水那样清澈平静！

震　　撼

　　读到豪尔赫·路易斯·博尔赫斯(阿根廷著名作家,国立图书馆馆长)关于时间的一段话,如下:"在大部分时间里,我们并不存在,在某些时间,有你而没有我;在另一些时间,有我而没有你,再有些时间,你我都存在。"(《小径分叉的花园》)感到震撼。

　　看到美国著名心理学家菲利浦·津巴多的"人的生命本质上是一段时间",同样震撼,并且无语。套用一句现在流行的话,真正是"细思极恐"。

　　想想在历史的长河中,生生不息、源源不断的人,其生命真的只不过是一段、一段的时间,活生生的,不管精彩的、平淡的或卑鄙恶劣的人,其一生统统被锁定在时间里,被标在时间段上,为时间所测度。神奇的时间又肇始于何时,又将终止于何时? 在不同的时段,在相同的时间段,我们之间可能擦肩而过,可能有缘认识、相聚;我们的祖辈、父母、子女、家人以及同学、同事、朋友,与我们的关系就体现在那么一段短暂的时间里面! 更多的人……念兹思兹、此时彼时,不禁令人伤怀、唏嘘!

　　所以就有人说:时间表达物体的生灭排列,时间是事物连续变化的说明,时间刻度了人生,呜呼!

什么是时间

时间是什么？谁"发明"或发现了时间？其始于何时，将终结于何时？时间的本质、时间的概念又是什么？一连串的问号相信谁也回答不了，抑或回答不详、不全、不尽。

朱自清在《匆匆》中提出：时间真的存在吗？时间的源头在哪里？有史以来，赫赫有名声的学者、先哲都在试图研究、解释时间，但各执一端或一词，难有定论，恐怕将来亦如此。唐代诗人陈子昂诗曰："前不见古人，后不见来者。念天地之悠悠，独怆然而涕下。"若将此用于对时间的思索以及表述也未尝不可，如将"古人""来者"改换成"始者""终者"则更为贴切、传神。

有人认为时间并不存在，它是人的意识、抽象的产物；时间是人发明的，在宇宙大爆炸前没有时间。有人说时间是物质的运动和能量的传递；有人说时间是物质存在的一种客观形式，由过去、现在、将来构成的，连绵不断的系统，是一个较为抽象的概念，是物质的运动、变化的持续性、顺序性的表现；也就是说时间是对变化的度量，世界在变，时间是客观存在。

一瞬、刹那、瞬息、瞬间、霎时、一晃……从人类的日晷、沙漏到时钟，尤钟表，清晰和发展了对时间的测度；亚里士多德就敏锐地断言：时间是运动的数目。进而体现效率，实现了划一，赋予了价值。

人们基于不同的文化、历史观，对时间的本质以及关于时间的种种重要的考虑、认识是不尽相同的，而且截然分明。牛顿区分了相对的、表观的、通常的时间和绝对的、真实的、数字的时间，他提出了绝对时空观。爱因斯坦则认为：时间、空间是人们认知的一种错觉；而他又强调不能把时间、空间、物质三者分开解释，时间与空间一起构成四维时空，构成宇宙的基本结构。根据爱因斯坦的相对时空观，可以认识到时间、空间和物质是一体的，它们共同构成时空。而时间是时空的一个维度，不可或缺；物质与时空并存，只要物质存在，时间便有意义。

希望科学昌明、发展,有清晰的、大家可以接受的关于时间的认知、知识体系出现,解疑释惑,以更好地认识自然、人类、宇宙。

无论如何,时间就在我们的身边,而我们只是宇宙、历史中的一颗小砂粒。敬畏时间吧!

一寸光阴一寸金

从小我们就接受了"一寸光阴一寸金，寸金难买寸光阴"；以及"光阴似箭，日月如梭"之类的箴言。"可以自由支配的时间也就是真正的财富"（马克思）；"世界上最快而又最慢，最大而又最短，最平凡而又最珍贵，最易被忽视而又最令人后悔的就是时间"（高尔基）；这些告诉了我们时间既宝贵而又极易流逝。

年轻时，手上有大把的时间，体会未必深刻；逐渐往后去，体会便慢慢加深；年纪越大，越觉得时间飞逝。不要让时间溜走，便成为一个现实的课题。

有人形象地说道：一家银行每天早晨会在你的账户中存入 86 400 元（指一天时间为 86 400 秒），晚上抹去余额，清空；不能积累，不能取现，不能透支。在这个意义上，我们可以知道，对大家都公平的时间就看你怎样去做文章，如将时间用于工作，会带来成功；将时间用于思考，会获得智慧；将时间用于阅读，会充实知识；将时间用于计划，会规范行动……当然你也可以让时间白白流逝，把要做的事拖宕至以后，或停留在口头上、花在等候上，一切成为"明日黄花"。在时间的使用上也不存在叫停，倒退；逆转、穿越更不可能；存在平行世界的想法、说法尽管吸引人，但你无法当真。

善用时间，按照自己所处的环境、手头的事情，分轻重缓急，认真操办，并且有张有弛，如叔本华说的那样"智者，总是享受着自己的生命，享受着自己的闲暇时间"。

用好时间，无论于何时何地、何事何物一概如此。这里就涉及对时间的管理，所谓的时间管理指的是事先规划和运用一定的技巧、方法和工具，实现对时间的灵活有效的使用，实现目标。美国著名的经济学家、管理大师彼得·德鲁克就认为："有效的时间管理就是要把所有可利用的时间尽可能投放到最需要的地方。其关键在于制订合适的时间计划和设置事情的先后顺序。"所以他又说："有效的管理者不是从他们的任务开始，而是从他们的时间开始。"

一切可以说明：时间不等人。

新的人生三宝

很久之前，我记得在至少二三十年前，我就说过：计算机、卡拉 OK、方向盘是新的人生三宝。当时闻者有不以为然者，我便作了说明；也有人就此认同，更多的是不置可否。

今天的手机，其本来就是由计算机、电脑演化、发展而来，微博微信网络无边无际，无远不达，一机在手，执掌万般，天下去得。卡拉 OK 从日本引入，从我国台湾过来，让老板们及专业翘楚赚够了钱；而那个话筒却激发了许许多多人的表现欲，不甘寂寞，争相发声。与唱歌一样，这种表达的欲望四处蔓延、勃发、升腾，这个话筒在造就数不清的"麦霸""达人"的同时，也让人们重视自己的话语权和价值。驾驶汽车历来是许多人尤其年轻人的夙愿，学会了这门技术，变千里之遥为咫尺之间，小了距离感，自由之身自驾自达，诸事可办，方便趁手，难事变易，既挖掘了潜能又提升了控盘的能力。

往昔信息的吸收、传播、占有是有层次的，发声发言发表是有等级的，平民百姓，等而次之，一切讲究上下、先后、规范和秩序。如今互联网、自媒体扩展了人们的眼界、思想，释放人性，极大地提振人的主动性和参与度，人人平等，发言、呛人、点赞、评判、拉黑等等悉听尊便。迅速及时的沟通交流，无山高水长路途遥远之感之累，在一个公共的大平台、大舞台，一个个"群"内，原先不起眼的人，"愚"者也就此改头换面，焕然一新，超过你远胜你，入列当今的风流人物。

新的人生三宝造福多多，于今于后亦功德无量；然而如何真正用好它，做到"智者善用"则是一篇大文章。

四十而不惑

四十岁前后因工作关系,大量接触新知识新观点,大量阅读、收集相关资料。记得当时有一个基本观点:人到四十基本局面应就绪或确立,有点像孔子的"四十而不惑",指谓届时人成长、成熟了,一切应驾轻就熟步入顺境了。我曾尝试总结了一套顺口溜,也宣扬过,有的人信以为真,记录、听取、践行。

许多年后,有朋友、同学提及此事深有感悟、体会甚至感激,"那些话真的帮了我,想想真有道理"。

我所说的可以归纳为:1、2、3、4、5。具体为:

1. "一体":人的一生其主题、主体要求是做人,要做好人、做好人,这里的两个"好"字,前者用作人的定语,后者用作做的补语。

2. "两翼":分别为"奋发有为""随遇而安"。说的是人生的不同阶段,境遇决定自己的思想、心态以及调整自己的作为。

3. "三老":分别指:老伴、老本(身体、财产)、老友(具体有①总角之交;②贫贱之交;③患难之交)。

4. "四一":一生中要持有或重视:一个计算机(即指电脑之类);一部"法"(法律);一个医生;一个高效灵敏的关系网络。

5. "五块":指财务方面,当时还未知"财务自由"一说,只是考虑要有丰裕的收入保证,其由①工资;②储蓄产生的利息;③炒股收益;④收租(房东收入);⑤或打工或投资(即在职时的"斜杠人生"及退休后的发挥余热)所组成。

朋友说受益的主要是第 3、4、5 条。以后也继续编过 6、7、8、9、10,有点道理,但也有凑趣、凑数之嫌,质量不高的感觉,这里从略。

目　　标

长计划，短安排，这是我们耳熟能详的一句话。一个人、一个组织咸宜这样认为，并如此去做。

人生少不了目标，目标可以是初心初衷，"慎终如初，则无败事"，说明目标的重要性。目标定义了我们的期许和渴望，目标越清晰，成就越显著。刘邦见到秦始皇巡视的威仪，"君临天下"的阵仗，激发了他的目标"大丈夫当如此"。美国大亨、沃尔玛创始人山姆·沃尔顿坚持认为："我相信永远要有目标，而且永远要设置高目标。"

作为一个平凡的人，总也需要方向、计划，这些与目标有类同性。在一定的时间里，努力做成一件事或达到一定的目的，根据可能和需要，按照计划及步骤，运用已有的条件，改变或创造新的条件，积极行动去达成目标。一个目标实现了，那么向着新的目标进发。没有行动的决心，没有行动的落实，与目标无关；毫无作为、坐而论道的处世、处事方法不会改变现状，永远距离目标很远很远。

目标大而无当不行，空中楼阁，没有基础缺乏可行性，也容易使人泄气、消沉。目标要切合实际，起到充分的鼓舞、激励的作用，努力"跳一跳"，去摘果子。在实现目标的过程中，拘泥旧规，一成不变也不可取，要在实践中纠偏、校错、调节、整合，不断清晰目标、完善目标，既有长远性，又有阶段性，还要具体化，有进有退，或徐或疾，统筹兼顾。在具体的操作实践中，可根据目标实行分解，按期限、清单、行动、检验等步骤，积极主动，并注重寻找奥援、助力，包括能够帮助我们完成任务、目标的人，克服困难；尤其要珍惜时间，抓紧时间，在有限的时间里做更多的事。

科学、合理的目标设置，持之以恒的努力践行可以使我们成事成功成长；在这种呈良性的发展之中，尽可能地释放出自己的潜能、进取心、判断力、想象力和执行力。即使遭到失败也不怕，愈挫愈奋，有雄心、斗志、毅力在保证。

关键词

一生之中或人生的不同阶段，有几个关键词需记取。

奋斗——要成就一番事业，开创一片新的天地或者为自己打下一个坚实的物质基础，亟需叱咤风云、敢于拼搏的奋斗精神。男儿当自强；巾帼不让须眉。举凡成功人士一般都具备了足够的意志力、判断力、勇气，往往能够在重重因袭的阻碍面前有韧性、耐心，敢于"出格"，在危机和困境中屡败屡战，不改初衷；愈挫愈奋，永不疲倦，朝着既定的目标直至成功。

机遇——每个人在机遇面前是公平的，因为机遇本身有着偶然性、时效性和共享性（主客观条件相差悬殊者例外）。它属于那些时刻准备着的人，无论在稍纵即逝的那一刻，还是在长久的寻寻觅觅之中。"英雄莫问出处"，只有脚踏实地、埋头苦干、追求胜利、渴望成功的人，才能真正把握和得到机遇，也才会得到幸运之神的垂顾。

智慧——它是每个人与生俱来的"金矿"，愈是挖掘得深，就愈能得到回报。你当然可以凭借流大汗、出苦力，事倍功半地干一切；然而倘若能够开动脑筋，充分运用自己的智慧、才能，不仅苦干还加之以巧干，就往往容易独辟蹊径，事半功倍。由此，智慧诚可谓立身立业、必胜必得的不二法门。

分寸——人生常有困惑，也有诱惑或蛊惑，是向上还是滑落，是追求高尚还是甘于身处泥淖？生前身后，虽然未必都能或都是流芳百世、遗臭万年，那么是让人指指戳戳、说三道四，还是雁过留声、值得称道，相信每个人自会有其明智又明确的选择。所以，为人处世总要有标准、分寸，有是非观念，要爱憎分明，有所取有所弃，有所为有所不为。

其实人生际遇气象万千，很难仅仅归纳成若干荦荦大端；然而作为一个有心人，要善于学习、善于总结，求真务实，选准方向，找出一条适合自己的路或者经常检点自己的经历、发展轨迹，认真对待生活，珍惜和把握今天，舒心酣畅又无怨无悔地过好平凡而充实的一生，或者去努力创造属于自己的事业及人生的辉煌！

人　生

环顾周遭，放眼全球，展现在人们面前的是一个精彩纷呈的世界。

凭借日臻发达的科学技术，依靠无处不在的传媒和信息，更受惠于改革开放政策，打开国门，我们每个人较之既往更加走近世界、融入世界，成为地球这个世界村的一员。

人生是一出戏。不尽相同而又各具生气的人生汇聚成幕天席地、浩浩荡荡的历史长剧，演化为生生不息、源源不绝的人类的生命之河。当中，有的瑰丽无比，有的平淡无奇；有的顺风顺水，有的磕磕碰碰；有的大起大落、大喜大悲，有的郁郁寡欢、生不逢时……从天真童稚到迟暮老叟，人生之路是从容还是无奈，是抗争还是随缘，是奋斗还是苟且，是向往光明还是坠入深渊，实在是一个大而玄的课题。当然不可能非此即彼，泾渭分明，也许往往是既有 A 又有 B，既相容又碰撞；或许成事在天，而更为现实和重要的却是事在人为！

人生的路说长便长，说短便短；说好走也好走，说难走也难走。而完满的人生之路，其着力点当是自身努力，同时还缺少不了学习、借鉴和启迪。当然，见智见仁，见树见木，存乎一心。他人之行及经验教训能够为自己的人生之路添上一抹光亮，无论少艾老迈，无论困顿顺遂，无论才迈步或将结束，我们何乐而不为呢?!

处置和放下

人的一生不会总是那么顺利、顺遂，称心如意，困难、危机、重挫甚至更加严重的打击都会遇上，有的自然碰面，有的似有预谋，或慢慢入彀，或突如其来。

面对这些怎么办，如何应对？明智的方法是：千万不能慌了神，自乱阵脚。可以想办法先让自己冷静下来，问一下自己究竟是什么情况，可能发生的最坏结果是什么，有什么对策及应对的措施，可不可以避免或取其轻者（就将要遭遇的坏结果而言）？以自己的经历、家人及朋友的际遇而言，此类事的处理实属不易。有哲人曾经指出，在这种情况下正确的做法是：面对，接受，处理，放下，这四个步骤体现了大智慧。

人不能被挫折击倒。也许有的人说不曾有过挫折，那当然最好；也可以说自有聪明人能"未雨绸缪"，预测预见预判，避免和化解不利因素，但这只是美好的愿望或为少数人所持有。人不能过于乐观，要有点防范，但这种防范心理不能过甚，过于紧张或导致谨小慎微，那样活得太累了。尽管在应对这种重压、这类困境时很难、很艰苦，但彼时彼地别无他法；风险过后，雨过天晴，则不宜牵挂，念兹在兹折磨自己，陷自身于心境恶劣之地，或影响或耽搁应去完成之事情，选择放下最好。

当然少不了总结和吸取教训，前事不忘，后事之师，毕竟还有将来。

修身与立德

防御"新冠肺炎疫情"时期,窝在家中或读书或写点东西。在重读旧书时,发现一个颇有意思的情节:陈继儒、金缨、张潮均是明、清之人,都是饱学之士,他们分别有作品传世。这些作品同属格言、语录式的清言小品文集,对人生的学识涵养、为人处事以及解疑释惑、警世醒心极有帮助,可谓人生宝典。

金缨在《格言联璧》中有一段文字,连续用了二十句排列以明示为人之道,如:"以媚字奉亲";"以淡字交友";"以刻字责己";"以悔字改过";"以贪字读书",等等。其对交友之道颇有深入之研究,说过:"盛喜中勿许人物,盛怒中勿答人书。"这显然可以作为"淡字交友"的注脚。明代陈继儒就是《小窗幽记》的作者,书中太多充满睿智的格言、警句,其中如:"花繁柳密处,拨得开,才是手段;风狂雨急时,立得定,方见脚跟。"就是一段很有哲理的话。他还说:"喜时之言多失信,怒时之言多失体。"这些对于待人接物,应事济时很有帮助。而张潮更是厉害,他在《幽梦影》中有个说法:"不得已而谀之者,宁以口毋以笔;不可耐而骂之,亦宁以口毋以笔。"这段话实用性很强,若早些让有些人知晓,可以免去许许多多的烦恼、悔恨。有人评论此语,上句立品,下句立德,可见其重要性!

历史有载:东汉刘秀在平定王朗之乱后,发现有众多部下曾投书欲投靠王朗,书信竟达数千封之多,但刘秀没有计较和彻查,连看也不看付之一炬,安定慰抚了人心。曹操于官渡之战后,亦发现许多部下投寄给袁绍的书信,不外乎示好、输诚之类,对于这些墙头草的投降行为怎么办?曹操也照刘秀那样,一烧了之。这样的处理体现了胸襟、策略,客观上涉事者众多,时值用人之际,追究查处起来有难度有极为不利的后果,而宽宥可以使人心安,顿释许多人的后怕、顾虑,往后下去只有更加卖力效命。倘若将真相暴露,严格处理,岂非人人自危,天下大乱。

这些事例充分说明了宁用口、不用笔的重要性。联系那些以效忠信、投名状极尽谄媚、输诚、揭发、爆料之能事,或自愿或被迫上"贼船"的人和事,看似聪明,找靠山,图发达,寻后路,其实不然,一旦翻盘逆转,纯系生生用笔给自己留下劣迹。也许就是前面说到的,道理知道得晚了,当然除去死心塌地卖身投靠的。

还有,当不满别人的言行、在简直受不了的时候,也宜在口头上予以教训、斥责,毋用笔,付诸于笔墨,那么即使事过境迁,抑或确有转圜,教训有了作用、效果,而白纸黑字所带来的污名化的事实就洗不掉了。确实这里涉及修养、胸怀,品与德,教导、教训是双向或多角度的。

做　人

有四句看似浅显易懂的话,虽平淡无奇人们却往往行差踏错;可以有多种的诠释、剖析,可以找出千人千面的践行,那就是:学会做人,学会做事,学会相处,学会学习。其中的重点关键在一个"会"字,那么,你"会"否?

这些我们日日为之习以为常的事,却令人难以称道自己之够格、能做、会做、做好。"做人"和"相处"即是为人之道,可以有千条万条的箴言、哲理,无论古今中外,无非是:本分、诚信、知足、感恩、善良、自重、助人;如老子所说的"勿以善小而不为,勿以恶小而为之"那样,在说话办事做人相处各个方面都要择善而为之。

在人际关系复杂的今天,相处尤其重要,要注意、要遵循的有很多,除了大的概念方面,至少还要记得:背后不说人的坏话,不揭他人之短;尤其"不责人小过,不发人阴私,不念人旧恶"(明洪应明)。切切不可将其中的"小过""阴私""旧恶"作为酒足饭饱后的谈资,或傍人投靠、输诚效忠的"敲门砖",或亮相登场,当"网红",蹭"热点"的本钱,吸引眼球。

为人心地要善良,不嫌贫妒富,打人笑脸;不趋炎附势,心存龌龊;对他人(哪怕是冤家对头)的丧、祸、病、贫等的境遇不可持私心窃喜、幸灾乐祸的阴暗态度、心理,老话就有一说:丧不可笑,柩不可歌。有难要帮,当然帮的程度要量力而行,"帮人家就是帮自家","我为人人,人人为我",积善纳福。

"讲"

曾经琢磨过"讲"这个字以及关于"讲"的"文章",录以下一些以供一笑。

1. 要讲。

2. 可能讲不清爽,还是要讲一讲。

3. 看情况讲,看场合讲,看对象讲;或正面讲,或放开讲,或私下讲。

4. 有的多讲,有的少讲,有的不讲。

5. 你要听的,我讲;你不要听的,我不讲。

6. 讲的("才")是听来的、看来的。

7. 白天白讲,夜里瞎讲。

8. 瞎讲瞎讲,瞎讲讲。

9. 讲大不讲小,讲小不讲大。

10. 人前不讲背后讲。

11. 你当我要讲啊,根本就不想讲,不得不讲。

12. 不讲白不讲,讲了也白讲,白讲也要讲,讲比不讲好。

还可以整理一些,慢慢再讲。

冥想和放空

在纷繁复杂、人心思虑太多的当下，有一个说法颇为吃香，不能说应时应运而生、异军突起这样的话，但市场很大，相关相类的说教、指导、培训越来越多；那就是发呆、冥想、放空。

在现实中你可以高举高打，头脑清醒。世上只有三件事：自己的，别人的，老天爷的。你可以干脆麻利，线条清晰。处好三天：昨天，今天，明天。你可以说：想开，想穿。你也可以说：看透，看破。其实都很难；说得到，做不到。

那么只有调适了，从心情心态心理上，从体力体能体质上；从客观事务诸多方面，从人情世故不同截面，尝试着去放松、放空，停止猜想、暂息思考，放逐压力，去掉焦虑，宁神静气，恬淡自如，安详轻松一阵子。而冥想就是一种比较理想的方法，它通过获得深度的宁静状态而增强对内心的觉察，对身体、情绪和想法的觉察，目的(目标)是停止意识对外的一切活动，而达到忘我之境。其运用调吸、清除杂念、想象等来体验、感受身体及情绪的变化，倾听内心声音，释放新的活力。这好像有点玄、有点难，但做好了获益匪浅。

发呆则更简单，试着把自己的脑袋清空，松下来，哪怕几分钟，一时间无焦虑、压力、烦恼、不安，更少寂寞、疲惫、悲伤、恐惧，与此类负面的能量隔绝，得以真正的放松。

做好人生中的加减法，知进懂退，学会忘记，选择放弃，善于释怀，尤其要记得放空小事，不让不重要的人和事影响、干扰自己，不让一时的烦恼、坏心情羁绊自己、改变自己。难以做到"为无为，事无事，味无味"(老子)，但不要忘记发呆、冥想和放空，它可以是人生的一帖安神剂、清醒药。

度与势

凡事均有量或有度,包括食宿性寿财运等等,从一般到全部;过犹不及,过则堪忧,由此总量控制便成为一个要注重的关节点。

想想不无道理,美食佳肴吃得,生活好了,条件优渥了,有财力有基础,天天像过年,但接下来,毛病吃出来了,胃肠方面、血压方面,以至"三高"找上门,痛风也来了;甚至极而言之"病毒"也来找你了,逼得你吃清淡、少吃,甚至吃不了,与吃无关、断缘!

仗着身体好,年纪轻,精力旺盛,白天黑夜,"呒"日"呒"夜,样样欢喜,样样沾手,一由心态、秉性为之,慢慢地毛病来敲门了。过分、过量,太多的透支,必定要让人在身体、能量上抵冲,还债,于是造成病患、早衰,一日不如一日。

千金散尽,未必重来;债台高筑,东躲西藏,实在可悲可鄙。抑或无赖透顶:"借人之债时其脸如丐,被人索偿时则其态如王",为人不齿。略有些钱财在手,不惜不顾,尽情挥霍,最后窟窿益发大起来,这种亏欠亏空、横厄苦果总归得由自己负责,到时候路断缘绝,机会恐怕不会再有。

古人有过"戒四尽"之说:"势不可使尽,福不可受尽,规矩不可行尽,好语不可说尽。"(宋代法演禅师)因为势若使尽祸必至,福若受尽缘必孤,规矩行尽必繁之,好话说尽人必易之(改之)。移用到人生的度与量上,也有可效行、警醒之处,凡事均有度,过则废! 所以,把握、控制好总量是必须的,切忌肆意妄为,一曝十寒,"只顾眼前不管日后"的做法只会使你没有将来,断绝后路,徒唤无奈。

感　　恩

漂母一饭，以酬千金，"滴水之恩，涌泉相报"，说的都是关于感恩的好例子。所谓感恩，是因为受到他人的善意对待和帮助，致使心中产生的一种情感。

感恩有不同层面。人之所受之恩，有不同的归纳、归结，高低程度亦有不一；其受于或表现在生命、爱情、亲情、友谊等方面。有人总结出十种恩情，如：(1)天地呵护之恩；(2)父母养育之恩；(3)良师培育之恩；(4)贵人提携之恩；(5)智者指点之恩；(6)危难急救之恩；(7)绿叶烘托之恩；(8)夫妻体贴之恩；(9)兄弟手足之恩；(10)知己相知之恩。应该说很全面，给人以启发、教益。虽然着眼点不一样，但每一种恩情都不能忘记或背叛。

一个人一生中，必定有过迷惘、困顿、逆境，那么贵人、智者之恩就显得重要，及时雨一般的嘘寒送暖，关键时候的一个招呼，一个电话，一个安排，一个提点，可以让我们豁然开朗，少走弯路，甚至少奋斗几载；那种柳暗花明，逢凶化吉，步出窘境，阳光灿烂的感受非亲历者所不能知，亦不足与外人道。回过头来，许多年过去，想想当年的情景，如若没有此等改变，后果难以设想；思此念此不由惊魂一刻，一身冷汗。

必须感恩，不然无以为人；必须用心感恩，必存敬重敬畏，力行知恩报恩。也许你并没有太多的财富、地位，也许你的能力、能耐有限，但问候、看望、致敬、"礼轻情意在"地表示自己的心意总归可以、可行吧！而且记得要抓紧了，随着老去，太多的时光流逝，这等事需要快快去做，去问候，去看望，因为也许他们中很快有的会不在了，有的患上老年痴呆了。当然那些贵人、智者也许并不期望我们如何待他；但总不能忘记、淡忘，或者不认账、否认，抑或嘴上热闹，口惠而实不至。

在知恩图报，感恩报恩一事上，同样可以说：人在做，天在看。

谈　孝

　　一个"孝"字顶天立地、贯通古今,是中国文化中基础性的存在,或许也是人类社会行事的准则,绳墨规范。"孝,天之经也,地之义也,民之行也。"(《孝经》)"孝,三皇五帝本务,万事之经也。"(《吕氏春秋》)"兄道友,弟道恭,兄弟睦,孝其中。"(《弟子规》)其根本性、重要性如此明显,必定不可或缺,不可忽略。

　　至于行孝,《礼记》有云:"孝有三,大孝尊亲,其次弗辱,其下能养。"孟子也说过:"孝子之至,莫过尊亲。"《弟子规》亦云:"亲有过,谏其更,怡其色,柔其声。"古人对行孝的议论及阐述颇多,著名的有"忌八态":沉静态,庄肃态,枯淡态,豪雄态,劳倦态,疾病态,愁苦态,怨怒态。而在孔子看来,行孝最难,难度最大的在于"色难"。典出《论语·为政篇》:"子夏问孝,子曰:'色难……'"。意思指:给父母好脸色是最基本的孝道,也是最难做到的。

　　因为处境、遇事,因为情绪、心态,因为自我、自私,因为种种原因,对父母的脸色不好,或愠或冷,或嗔或怨,或怒或嫌,言语之间、动作之中,也许是熟不拘礼,久处不觉,或随意惯了,但往往给父母带来不适、惶恐、疑惑,难以忍受。父母老了、病了,或多愁善感,絮絮叨叨;或行动迟缓,丢三落四;或久病卧床,延医用药,这些都是难免的。而且往往一时一事好为,常常久久难办,"久病床前无孝子"。日常的"唯唯""诺诺",融一呼即应,和颜悦色于不自觉、无意识之中,你注意了没有,你做到了没有?想想自己、子女,或其他家庭、人群、社会都会有这种情况,所以一定要知道,注意,防范,做好。

　　人要感恩,搞清大义大节之根本。对待父母,要按照"孝子之有深爱者必有和气,有和气者必有愉色,有愉色者必有婉容"(《礼记》),那样去做,这也是一种责任、担当,而且要常常时时,持之以恒。

制　　怒

有一段时间，我的许多朋友都把林则徐、曾国藩的"制怒"作为警句、座右铭来提醒、告诫自己；当然这也许是浅表层面的，也难以真正做到。因为制怒、治怒要从深里、根本要义去认识、去操作。而在这方面曾国藩就是一位导师级的引路人，身体力行，颇有心得。

他说："二十年来治一怒字，尚未消磨得尽，以是知克己最难"，"气为心害，养心当先制气"，"胸怀广大，须从平淡二字用功"。了解掌握了这些，才能更好地去治怒、制怒，事半功倍。

古人有戒斗、戒色、戒得之说，针对不同的年龄段而言，其实属于有重点但不唯重点，可以互串、全方位予以注意、警惕。入世渐深，亦可以记取"三不斗"："毋与君子斗名，毋与小人斗利，毋与天地斗巧"以及"气忌盛，心忌满，才忌露"，而关键在于：不斗，戒斗；不怒，制怒；不气，戒气盛。

因为有过经历，因为老去闲了下来，容易有比较，有想法，一肚子不合时宜，一肚子恼恨，生不逢时，所遇不公，社会欠我，他人欠我，种种的不顺、不适都让自己给碰上、遭遇了；今天的诸多优渥却又与自己关系不大或沾不上边，念此便气不打一处来。其实不如把心态放平，宽厚释怀，想太多了，老是怒气冲冲也改变不了现实；换个角度，调整方位，想想自己周围、环境的改进、方便，生活、物质方面的进步、改善；比比身边早已因各种原因谢幕辞世的同学、朋友，处境依旧不如自己的人；你我的今天，至少无忧、少忧，比上不足比下有余吧！2008年1月2日的《参考消息》载源自阿根廷的一篇文章有云："如果你衣食无忧、居有定所，那么你的生活水平高于全世界75％的人。""如果你银行中有储蓄、钱包里有钞票、存钱罐里有零钱，那么你是整个世界中8％生活优越的人。"

想些高兴的事，做些有益的事，不必牢骚太盛，释放排遣愤怒的戾气；要知道能够控制自己的怒火的人一般会表现得更好、获益也更多。倘若不愿消解，"气出病来无人替",疾病缠身,还不是自己承受、消化、"买单"? 可以无聊,在清心寡欲中自得其乐,克服敏感过度、反应过激,避免在气恼中度过一生;要认清怨、怒、愤、恨带来的负面效应。

代　沟

代沟是客观存在的。它通常是指年轻一代与老一代在思想方法、价值观念、生活态度、兴趣爱好等方面存在的心理距离和心理隔阂。

所谓的年轻和老年相隔十多年、二十年就是过去说的一代。现实的情况是：五年、十年就够得上构成代沟的年限、标准；它已经不是一个单纯的生物学概念，而是一个社会文化概念。

因为所处的经济、社会、生活环境的不同；因为经历重大社会历史事件或社会经验、价值观、生活方式不同；因为当年的与现实的在衣食住行和消化吸收科学文化上存在的巨大反差；又因为在近百年来人类的智商在不断提高的情况下，后来者比前辈们聪明、能干……凡此种种的差异、不同、隔膜便是产生代沟的客观原因。

试想一下，一个已经步入中年、进入"中年危机"（此观点由英国学者于 1965 年提出）境地的人，开始对死亡有了清醒的认识，意识到死亡正在逼近，往往会产生种种不满、厌倦生活，对早年的决定和生命的意义产生质疑的情绪，在身体机能等方面也产生一些衰而弱的现象（这种现象一般产生于 40 岁至 60 岁之间）；中年人如此，何况老年人。对比年轻、生气勃勃的年轻人，他们神采飞扬，热爱生活、创造生活、享受生活，思想、观念、行动焕然一新，困惑没找上门，困难不在话下，相信明天定然光明，前程越来越好。

这些由于代际上人们的认知能力差别，经济文化生活基础的不同以及因经历不同而形成的代际记忆各异，需要我们直面、正视，认真应对。要有对彼此的充分理解和尊重，沟通、接纳、互补、欣赏、融合。要讲究交流的方法、技巧，缩小矛盾，寻找共同点；可以有自己的想法、看法，但也要顾及他人；可以说说，但不必听我言依我行，话不投机，人不投缘，多说无益；更不必针尖对麦芒，"死磕"，火药味十足，搞得满目疮痍，一地鸡毛。

切切不可固执己见,有优越感,鄙视上一两代人,对他们要好些,智商、眼界、经历的差异客观存在,他们可能是比我们差;对下一两代人要尊重,不要去教他们怎么做人,生活和现实会教会他们,也许会教得更好些。

幸福谈

　　"你幸福吗?"曾经一时间铺天盖地,有点"噱",也有点实在或在理。幸福在很大程度上是一种感觉,你感觉幸福了,别人又能说什么呢?

　　关于幸福的定义许许多多,幸福的来源亦多种多样,幸福的感觉更是人各不同。规范一些、文气一点的说法,幸福是指一个人得到满足而产生的喜悦,并希望一直保持现状的心理情绪。"满足"则是一个大题目,作为产生幸福感的基础,包括物质、精神,涉及无穷尽的领域、范畴,以及差异甚至细枝末节;对幸福的诠释关乎哲学、心理学、经济学、社会学、文化等多个学科、方面。

　　对幸福的理解、感受、认定可以说千人千面,包罗万象,投入、快乐、安全、舒适、收获、分享、健康都可以是重要的考量和标准。作为平民百姓、社会占大多数的人来说,可能会遇到比较大的幸福事件,但更多的则是小的幸福事情、小确幸之类。一杯茶一壶酒一餐饭,拥有,等待,关爱,付出,一事之完成,一日之圆满……都可以带给我们幸福及幸福感。

　　幸福不会从天而降,它需要靠人的努力,付出会有回报。目标选准,合理期望,"你的第一责任是使自己幸福"(费尔巴哈),自利利人,己达达人,"任何人都是自己幸福的工匠"(梭罗);自己幸福了,要想着去帮助他人。

却　贫

贫穷是人生的一大厄难。因为贫穷极易使人囿于困境,走不出来;时间一长,精神志气全无,穷愁累年,埋没一生。

著名作家张恨水有过"疗贫之铭"妙文,尽言"贫有十不治""贫有十可却",择其要者而录之。"贫之不治"方面,其二:终日烦恼,无人生兴趣。其三:心灰意懒,做事半途而止。其四:不惜光阴,好做不干己之事。其七:以境遇不良,在于运命,不认为人事有所未尽。其八:择友不慎,引入歧途。

"贫之可却"方面,其二:做一件事,不休不止,今日之事,不留于明日。其四:早起晚歇,少管闲事。其五:我可尽力者,绝不逃避,乐于领受。其七:人不能无短处,常自制止。其九:闲则读启发思想之书。

联系古之大儒荀况的一段话,可以更清楚穷之为穷、穷之不治的根本要害。"人有三不祥:幼而不肯事长,贱而不肯事贵,不肖而不肯事贤,是人之三不祥也。人有三必穷:为上则不能爱人,为下则好非其上,是人之一必穷也;乡则若若,僻则谩之,是人之二必穷也;知行浅薄,曲直有以相悬矣,然而仁人不能推,知士不能用,是人之三必穷也。人有此三数行者,以为上则必危,为下则必灭。"(《荀子·非相》)

这实在是人生良药。

比什么，怎么比

比上不足，比下有余，关键在心态。所谓"比"，你与谁比，与差不多环境下，同时起步的，或知根知底的，还是什么的比；是纵向比较，还是横向比较，是以同一水准的中位数为出发点还是盲目攀比；所以心态取决于比较的对象、基准。

我们与祖辈、父母相比，可以说生逢盛世，生活的艰苦、折腾即便有，也要比他们少得多；学识的养成，所受教育的程度亦普遍高于他们；走南闯北，领略祖国风土人情的机会亦多得多；住房、消费同样大大胜于他们的从前，而且与时俱进地在享受科技、文化发展的成果。

生长在新社会，生活在沿海、东部发达地区，处在物质、文化、环境优渥的大城市，是可遇而不可求的，都属于幸运之至。若与之比较，身边周遭不少人比我们差得多之又多，我们应该知足。

如比一下寿数：如今参加追悼会已是常事，且不说长一辈的，就是同学、同事也有先我们而去的，一次聚会听好友高山言：他们一批人中已有10％强的人故去；四五十岁的人离世太可惜了，愿早逝的他们安息。

比一下健康："药罐头"少吗？每天十多种药，长期卧床甚至人事不省，不可逆转的疾病缠身，生活没有乐趣。

比一下祸福：车祸、火灾，曾经的同事外出在路上、瞌睡中因行车故障一下子人过去了，没有一句遗言；人在外，火苗窜入屋内，一场大火，令人惨不忍睹。

比一下压力：下岗，维持家庭开支，培养子女后代，节衣缩食，或兼职打工或奔波他乡。

所以少点怨气，不要郁闷，天底下不如自己的大有人在。有困难硬着头皮去克服，自己努力了若有奥援、援手更好；苦出头了，日子自然好过。辛苦之余，尽可能放松心情，做些自己喜欢的事，发掘些"小确幸"；倘若想不通，受累受苦的还是自己，身体辛苦兼心累，实在不值得。

回不去了

也许经历了诸多人生风雨的人会想回到过去、回到既往，检点、复盘、扬弃，考虑如果可以重来，应该怎么做，做什么……可惜那只不过想想而已，人是回不去了！事过境迁，时位迁易，任由你想法多多，也只能无可奈何。尽管如此，不过不妨想一想、看一看，放松自己、娱乐自己，或许可以从中给余生带来些许启迪、裨益。

1. 读过的那么多的书，能否找来重读，不是以前的那种快速浏览、一扫而过，而是认真读、细读，并参详、参照其中的道理、方法考虑怎样实施效行。

2. 总得学门外语、一两件乐器、热爱一至两项体育活动吧，以及书法或画画；有的明明当初有兴趣，也有点基础的，就放弃了，实在可惜。

3. 有些事不该忽略，你不以为然，别人却惦记着、放在心上，当回事；你迟迟不给反馈或帮助，致使别人不满、积怨，不来往不走动，朋友如同路人。

4. 往往说话不注意场合。有些话可能太直太过太满，或当时就不应该说，如若当时不说、不出口，也许会带给自己更多的助力、空间和人望；有些话该说而没说，没有助人利他；有时候遇事反应过快过激，于己于人于事非但无补，而且还带来后遗症。

5. 有的事不积极、没抓紧，如理财、购房、置产，明明有机会，也有想法和眼光，合理合法、可行可办，却因为矜持、怕麻烦或拖宕而错失良机。

6. 有些地方明明可以去，却归咎于时间，托词于工作，没能成行，失去与好友、同事、家人同往的机会，失去领略大自然、在某一特定时间的风光景致，总想"以后有机会"，却不知"明日黄花"，情况、条件变了，或去不了或再去之时味道、感觉都没有了。

7. 自己的既往总体是幸运的，即便也有过困窘、难事或不愉快，但也在外力或自身的努力下克服了；然而有些人或事错过了，未能来得及回报和补偿。

凡此种种，不一而足，一切都不容易。回望过去有点酸涩有点甜，也可以说五味杂陈，尽管想做得更好一些，但回不去了。

寻　找

找不到了。

记忆中的刻纸、糖纸、香烟牌子及香烟壳纸,及邮票、像章,虽然少,也算有,所藏有的书籍以及玩过的弹子、棋子,这些全不知去了哪里。

清晰具体的模样,混淆杂乱的印象,半截分明半截模糊的形象,似是而非的影象,既熟悉温馨又迷糊茫然,心里总有一种挂念和牵连。当时是遗失、是丢弃、是送掉还是什么的,也记不太清楚了。

当时并不以为然,也不曾想到过以后的思念,寻觅也无有着落,找不到了!连带找不到的还有彼时的心情或喜欢,包括念兹在兹的努力。

不属于收藏,于我辈而言也不存在"百年无废纸"之说、之意。

想想,真的"断舍离"也是不易的。

逼仄

初夏季节的一个黄昏,我去上海市郊,在道旁一家工厂门房间问路,那个厂有点规模,基本是平房,围墙很大。下得车来,感觉天气有点闷热,抬头四望,天低吴楚,一片空旷,天空如个大大的锅,倾覆、倒盖,中高边缘低,我整个人即处在边缘处,一种渺小、压抑、无助的感受油然而生,一肚子的不舒服赶也赶不走。

暮云低垂,没有风,夕阳的余晖透过灰暗的云层,有几道光线投射下来,光亮为金色中泛红,并且逐渐暗淡。

路问了,要去的地方,房间内的人也不清楚,只是说仍要向前开。于是很快上车,继续前行。

时至今日,那种逼仄、压抑的场景和感觉一直留在脑海中。

物价之演变

看到农场老友周兄在微信圈发的昔日菜价,便记了下来:

今日供应

猪肉:0.52 元/斤;

猪板油:0.40 元/斤;

萝卜:2 分/斤;

芹菜:5 分/斤;

黄瓜:3 分/斤;

南瓜:2 分/斤。

请广大职工家属带好猪肉票。

1968 年 9 月 28 日

简直恍如隔世,匪夷所思;如此物价,虽然经历过,虽然那时的自己也多次去居家附近的菜场买菜购物,但毕竟记不清楚,也因为反差太大而不敢相信。记得 1971 年去农场,当时饭堂供应的:烂糊肉丝(即黄芽菜炒肉丝)6 分;小肉 1 角 3 分,已经贵了不少。再看看现在的物价,猪肉 50 元、60 元、70 元一斤的都有,毛笋 20 多元一斤,绿叶菜几块、10 多元、20 多元都有。记得约 10 年前我一次在上海宾馆吃饭,差不多菜上齐了,问道有否"黄芽菜炒肉丝",店家回答有。即请上菜,价 78 元;如若在非常时期,价格更要往上走。往往肉价一涨,会成为标杆带动、影响,产生普涨,逢年过节,或供不应求时,抑或灾祸袭来,物价更是涨得离谱,"新冠肺炎疫情"时期,有过一棵白菜要卖到 60 多元! 当然后来被查处了。

菜价的确要管一管,日日为之,时时需要,当然涨了,你还得吃,还得买,还得接受,10 块不厚的猪排,逾百元,9 元多的"小杨生煎"涨到 11.9 元(四只)! 店家盘算也属正常,进价、人工、成本、赚头,就担心一下子上去了以后会不会下来?!

说了物价（菜价），当然要说说工资，18 元、24 元、36 元（当初新入职工人工资）对应的是当初的物价。而今天的工资收入不可同日而语，往往达 4 位数、5 位数，所以也只好只能宽怀、释怀，量力而行，调适心情、情绪，"牢骚太盛防肠断"！

身边的钱

多年前听过学者彭正秋的一席话，说到现时的人对生活的不测要有所预防，不能两手空空对厄运无动于衷，他说："一个人要保持在口袋里有 500 元，在枕头下有 5 000 元，在银行里有 50 000 元，这样，基本上过得去，可保无虞。"彭先生肯定有过计算，包括物价、利息、收入以及相应支付方面的递增和变化，以及社会平均消费水平等等。就根据当时的经济发展情况而言，50 000 元钱无论言者、闻者都以为是一笔大钱，对他的话很信服；又因为归纳得实在又形象（在"0"上做文章），所以记得很牢。那么现在又是怎么回事呢？

也在与彭先生所谈差不多时期，我与老友姚兄、陈兄常有小聚。姚兄大我几岁，聊到退休后的日子，当然也只是聊聊而已；他的经济状况很好，他表示退休后以"小乐惠"为计：每天早点 3—5 元，以 5 元计；一包香烟 8—10 元，以 10 元计；用点茶歇或喝点小酒，平均一天自己花费 20—30 元，以 30 元计，所以花费、开销不会太大。时至今日，5 元的早点，10 元的香烟是什么，我也搞不清楚；至于茶叶、小酒更不能说了。

我有好友谭兄，在房地产业工作，收入不菲，又有头脑，经济生活安排得妥妥的。记得他曾经说过：现在的钱真不经用，一张 100 元的一用就没有了。此话在至少 25 年前所说。

前两年我去医院配药，坐在沙发上等候叫号，听到靠窗口有个老者在电话里说：帮忙参谋参谋，我身边有 80 万，买点什么好产品？这是隔壁戏，但得到的信息：老人有钱，为钱在寻找出路，80 万是身边的"流动性"。那么其他的呢？这又是当初彭先生所说的上限标准的几多倍？！

钱要有，对今天的花销，对日后的安排，对余生的保障，都挺重要。也许与时俱进，积蓄、积累也要相应增加吧！

借钱送钱

借钱送钱属无奈之举，也是处理纷繁复杂的人际关系的一个好方法；涉事双方心知肚明：关于钱及钱的来往就此打住。

向富裕的朋友开口，应该相信基本上摊上事了，包括贫、病、"调头"救急；小数额，马马虎虎，开了口总归要讲点情面的。若几万、几十万地来，能够干脆爽气地解囊则不会多。但有时候出于种种考虑或基于平素的交情不能回绝，那么就有了借钱 10 万，赠你 1 万至 3 万（基本上在 10% 至 30% 的幅度内），而且明说你拿去用，没关系的。言下之意很明白，潜台词是可以不还。这恐怕也是现时的一种"兄弟亲、账要清"的表现。这种做法可以理解，也无可非议，于真有大的困难、遭遇者，也许心有不甘或悲切，给交情、友谊之类带来折扣；对于打的是精算盘——借你钱不想还、借你钱去炒股、理财、消费的人，有比没好。

所以在朋友、甚至亲人间有一个流行的说法，不要借钱，提起借钱会少来往、甚至断关系。而借钱送钱可以给人以遐想，至少在关系方面，似断未断。

钱管不管用

"能用钱解决的,都不算事",这句话霸气,说的人应该不是一般的人;这句话也常常在一些影视作品中出现,好像已经成为部分人的生活理念,人生信条。

我以为说这种话的人要掂掂自己的分量,至少要达到一定的经济基础,财力充沛,"财务自由",身价上亿、几亿、几十亿以上吧,即便"胡润榜"上不去,但也不能差得太远。

花钱消灾,"有钱能使鬼推磨",钱能通神,这是国人的惯常思路。在多元的社会生活中,价值观的同与不同,助推滋长这些观念;然而这好像也不是单向、通行无敌的。多大的事,什么程度,什么情况下能用钱解决,利诱加威逼算是解决事了吗?一时的化解日后的反弹又怎么办?信奉如此规则,频频犯事,频频化解,事多弊积,到头来难免一着不灵;因为有些事光凭钱是解决不了的,即便有再多的钱也无济于事。如重疴在身,花大钱也挽不回生命;愚昧无比,尽管身边高参能人齐聚,智慧和能力也买不来。还有,人世间,真情实意,靠钱也买不来。

唐人张说有《钱本草》一文,不足 200 字,以钱喻药针砭时弊,有点意思,录几句:钱,"味甘,大热,有毒";"偏能驱疾,采泽流润";"利邦国,污贤达,畏清廉";"贪者服之……令人霍乱";"人不妨己为之智"。

船

小时候常听后三层阁的王老师说:"你们小孩来到世上,都是坐船来的。"其时我当然莫辨此说之虚实真假,甚至还在想:坐的是条什么样的船。

稍大后结识了家乡的乌篷船,居然情不自禁地将它与阿婆的话联系在一起,因而觉得那平凡不起眼的乌篷船中蕴藏着说不清道不明、浓浓而又幽幽的情趣。

其实,生命还真与船脱不了干系。在娘胎中,未出世的小生命就在羊水中沉浮;呱呱坠地,便开始在人生的海洋中颠簸。自此之后凭着各各不同的历练,可以如同在黄河惊涛骇浪中搏击的羊皮筏子;也可以如同正在西湖中荡漾留连的画舫游船;可以如同劈波斩浪的战舰;可以如同野渡无人舟自横的小船;当然更可以如同一只小小的乌篷船,模样简单,默默地、持续地只是在河道湖汊中轻轻地摇、悠悠地行,安安静静,平平常常。

我曾经向往过"孤帆一片日边来"的神韵和飘逸,憧憬过"轻舟已过万重山"的欢快和顺遂,渴望过如"直挂云帆济沧海"般施展抱负;我也确实心仪出没江心,踏浪逐波的弄潮儿,钦慕那稳健持重、驾万斛之舟行若飞的船老大,佩服一整天在风里雨里浪里辛辛苦苦讨生活的渔家人;我也当然知道人生自然有着诸如"芰荷覆水船难进","行船偏遇打头风","江村犬吠船"之类的窘迫和困境;然而人生更多的还是寻常平淡,犹如一苇一叶,任风凭雨,随缘随遇而安。

少壮已不再,雄心已随力拙改。少年心事、书生意气,纵然能借长绳系白日,也难再乘长风破万里浪。中年意气浑若酒,一改昔日之轻狂,沉默负重稳当,依然划水前行。往后、再往后,恐怕只能是饮茶、听雨,小船舣岸,去日苦多,过好余生而已。好像船已旧已老一样。

克服"本领恐慌"

因为认真干事，而且有点成效，所以机会就随之而来。从我人生轨迹来看，经历的环境多，变动多，遇到的人和事多，当然也有挫折和不顺。在不同层面的经历，而且上下反复、交替出现；环境的变迁，既是我的认真干事所致，也是给了我一个干更多更大事的平台；其实也就是从干小事开始到干大一些的事，本领得以提高，能级逐渐增长，局面得以扩大。

事非经过不知难，不经一事不知一理。为了干好事，也为了需要，读书、实践、学习、讨教、琢磨、借鉴、调研、探究都是不可或缺的，善于总结便带来提高。虚心应世、踏实干事，以他人的经验、教训、指教、点拨为尺镬、为圭臬，为我所用，服务作用于成事，何愁事之不成。

有过本领恐慌一说，其实学以致用，有需便学，学有章法，运用之妙尽在身体力行之间。靠坚持、靠积累、靠努力，若干年、一辈子，尤其在工间业余，做个有心人，聚沙成塔，集腋成裘，经历多了，见识广了，格局大了，造化自然就不一般。长此以往，同辈之人、同道之人的差距也就出来了，而且越随时间流逝造成的差距越来越大，与"吴下阿蒙"不可同日而语。

这样的例子很多，不信可以找一下。

退休设想

距离退休还有三五年的时候,有不少人半开玩笑半当真地约我、邀我去他们那里,因为熟悉,客观上有交往,也帮助解决过一些困难、问题,所以有这些邀约,对此也只是笑笑。

2012年后政策明确,管理严格,这些邀约于公不行,于私亦可当作已有交代了;尤其对那么些口头上邀请、心里实际不知怎么想的人来说不啻是个解脱,皆大喜欢。

与朋友聊天,就退休后的情况有过预料,设想退休,当然政策改变后一切都是明日黄花;不过也有趣,放大范围,看看当初的退休设想。

1. 祝贺退休,几十年工作了,安全着陆,安心度晚年。

2. 现在有空了,多聚聚,打牌、麻将,唱歌、喝茶、农家乐。

3. 一起出去走走,东南西北,国内国外;抓紧十年、十五年,年纪太大就走不动了。

4. 多来坐坐,不是大公司,聊聊吹吹,讲讲大道,喝点小酒。

5. 安排个办公室,出出主意,做个顾问,拿点顾问费;不好意思,当是车马费。

6. 自己人,退了好,退了好!不用客气,拿点钱去用用,以后有啥开销、费用拿过来报销。

7. 大家合伙开个公司,可以入股,可以干股;整合资源,找好下家,弄上几年;你当董事长。

8. 退下来,关系要断脱了,事体也会难办,可惜了。

9. 老好嘞,比我多做(十年、五年)了,退休工资又高,一个人抵我们几个人。

10. 无所谓,随意点,退休是人生的必由之路,带带第三代,不要去做了;开心就好,开心过好每一天。

还可以排出若干,但许多已经是过去式、无法实施的,也就是聊聊罢了,一笑而已。

似曾相识

似曾相识的感觉在年纪大起来的时候会越发多起来，走在路上，看看四周，常常会觉得有人在注视你，很认真的样子；而自己也感觉好像是熟人，在哪里碰到过，也许是朋友，因为到过的单位、岗位多，可能是久未谋面的老同事（甚至有时候会情不自禁上前发问，结果可想而知），其实什么也不是。

年轻时候这种情况不会有，不认识就是不认识，没有迟疑或好像。

如今这种现象的存在想来有其客观性，记忆的模糊和时光成正比，太多的忆及过去的事往往有些已经渗入了想象的成分，只是有点像，或气质或观念或有好感而已。至于说别人在看你，也许就是同理，再说你不去看他怎么知道他在看你，即便关注也不过是一瞥而过；倒是你去看他了，两两对视，或惊讶于你的视线，"似曾相识"，邻居、同学、同事?！

还是管自己走路吧，当然也并非要低头顾自那样的走。

似曾相识还表现在其他方面，如这本书好像看过。这个地方是否曾经来过。这种感觉被称为"既视感"，属于心理学和神经科学，有专门的解释。这也许是因为忆及过去发生，但当时并未重视或记住的事情，也许是新的经历触发，或与过去的某些记忆联系起来，甚至更可以去探究所谓的"心灵能力"。

口　罩

　　防疫，人人戴上了口罩，各样式、各颜色，充斥大街小巷。口罩一戴让人面目不清，记得美国有一个电影提及，但凡人裹住了鼻梁就不易让人辨识。

　　一个脸庞因为戴了口罩，可视可明辨的只是狭小的眼部一块；平时不怎么注意的问题即眼部的问题就显露出来了。上点年纪的人，不论男女，差不多都是上眼皮浮肿，"海起"，皮色暗黄、松弛；隔着已经越来越小并分别向左、右侧外端斜下去的眼眶，以及混沌、不再清澈的眼珠（光），下面肥硕的眼袋被口罩的边沿挤得隆出、集中；眼角的皱纹或粗纹、呈三五道似刀割的缝，或细细密密如同粗麻布片……

　　过去不注意或被刻意掩饰的部位的实际情况就这样袒露了，打回了原形，毛病缺点一览无遗，甚至凸显目标集中；目光所及只是苍老、沧桑，直观，有趣，又有点严酷。

　　口罩在保护我们自己的同时，也看清了别人，当然更看清了自己。这里对戴口罩以防疫无不敬、非议之意。不过有个建议：对于爱美人士或有点想法的男男女女不妨戴上遮阳镜、墨镜！

老　去

渐渐老去，想法颇多，也许更加老去就会想法不多或者无法再去想。

曾经看过云中鹤的武侠小说《锋镝情潮》，里面有首诗印象很深："天涯海角寄萍踪，游子心情九州同。日月如梭催白发，英雄豪杰总是空。"宋代的蒋捷人称樱桃先生，得名于他的"流光容易把人抛，红了樱桃，绿了芭蕉"（调寄《一剪梅》），而他的《虞美人·听雨》其实也相当不错："少年听雨歌楼上，红烛昏罗帐。壮年听雨客舟中，江阔云低，断雁叫西风。　　而今听雨僧庐下，鬓已星星也。悲欢离合总无情，一任阶前，点滴到天明。"此词甚有层次感和阶段性的特点，用"听雨"来串起少年、中年、老年："少年不识愁滋味"，中年情怀不一般，老年思绪更不堪，"断雁"也好，"无情"也罢，现实就是如此。雨在下或窗外或阶前，点点滴滴关心境。有一种人生、无奈的沧桑感。

真正老了，连先贤所说的——少年戒色，中年戒斗，老年戒得，都谈不上了，其所说及的色与斗都属于"得"之列。老了，时间不再重要，眼珠日渐浑浊，身体每况愈下，昔年的春光秋色，风花雪月离得远远的，仿佛不曾相遇过。曾经的计较并以为计较、得失是人生的全部也成了明日黄花，一切都无所谓了。

还是听雨、饮茶，看云卷云舒，淡然每一天，不可能再管山管水管天地了。恐怕再下去的话，等待自己的会是：书不翻，饭减半，半边桌，一张床……只是不希望老年痴呆找上门来。

慢下来

年纪大起来，筋骨就是不一样，年轻时随便弄弄的事情，如今几乎成了危殆之险事。记得小时候，走路连蹦带跳，走起楼梯，上下之间两三格跳跃。壮年之时，健步如飞，也跑步也登高。而渐渐地发现、发生了变化，欲如同当年一般，简直不可能了，尤其膝盖，明显就显出老态老腔，不说颤颤巍巍，起码是不麻利、不扎实了；有很多人看我行走、行动的样子，明显觉察我的膝盖有问题。什么情况呢？医生也说不上来，只能说成是渐进性的，老之将至吧，功能退化；好像也没有什么恢复的办法，锻炼的话太过也可能带来负面作用。

慢下来吧，要适应新的情况了。青年时在农村赤脚踩在冰雪淤泥中开河，浸在凉飕飕的秧田里劳作，衣薄裤单在冬天里硬挺，不懂得照顾、保养自己；在以后的日子也许走路多了，超逾了膝盖的负担。早年的过劳，以后的随意，太多的不注意调适，最后都积成了病，出了状况；身边的农友腿脚、膝盖、坐骨神经、脊椎有问题的不在少数。

已老服老，不比当年。老则无刚，来不得争胜逞强；不宜提当年勇、与当年比，也更不应该与小青年比。

教养与为人

在接触过的人群中，尤其在农场，因为来自上海各个区、各个学校，学历、地区、家境（教）的诸多不同，造成了人的观感的不同，包括人看、看人，区别明显。如那些老高中，不管来自上只角还是什么地区、各个学校（当然地区更发达、学校名头响亮的则更好、更明显），比较下来，素养、口吻就来得斯文，处事方法来得平和，而从那些"荤"话张口就来，玩笑开得过分，粗线条糙脾气的农友身上就可以看出、猜出来路和差别；当然其中也会有出类拔萃的，但少之又少，或会由于近朱近墨带来的变化，但大体如此。

我很欣赏那些我曾经遇到过的：为人诚恳、坦荡，说话得体，态度和蔼；处处为人着想，不失信，不失言，补台解围救火；不肯丢份、失礼的知性兄、姐。在被充分认可、信赖的同时，透过口碑好的外表，我们可以看到他们的坚持和其中的不易。在旁人眼中难以做到或不屑去做的事，照样做得很认真、很到位，无哗众取宠之心或怨天尤人之状，当然不会甘之如饴，但就这样默默而行。

人非草木，无需刻意选择，自然会亲近、接触此等人物，设若是你，相信也会如此取舍，而且"久入芝兰之室"有"化之"之功。

驱逐烦恼

孤独、寂寞、烦恼、喧嚣等等，都是生活的组成部分，于人性不能完全切割。可以警惕，想办法去驱逐；可以相伴，但不能让其占据上风。

独处、孤单，无知心、对路的人陪伴，或孤芳自赏或空虚无聊，心理焦躁、心灵迷失，无法融入有声有色的外部世界；孤独、寂寞是必然的。想要的多了，又得不到，期望值过高，贪心重，欲壑难填，烦恼像蛇鼠一般啃噬人心，心劳为祸，自然不会快活。节奏快、变动剧，不确定、不如意、不公正，压力大；走顺了，弄大了，抬轿子、讲奉承话的人多了，周围热闹非凡，一片喧嚣，人往往容易就此发飘，自我膨胀，乐在其中。

凡此种种，不能入迷入局，身陷其中而不知晓、不提防甚至不能自拔。要整理心情，回归现实，改变应对，可以找到带来、造成这些负面感受的因由，看清、了解其于己身的皮相、表象，努力不受其牵制、影响。可以做些貌似无用之闲事，抵冲、缓解、冲关过卡，诸如诗文酒茶、琴棋书画、金石砚墨，或听雨、浇花、钓鱼、赏泉、看山、经行、高卧。可以堂堂然、干干脆脆走出来，弃计较，不着相，自然简单，恬淡宁静，让距离阻隔，让愉悦替代，让心态调度，让时间说话。了却烦恼，减轻压力，远离喧嚣，将孤独、寂寞作为对生活、生计的短时间调节、补充、休整，而不给它过分滋长的机会。

说实在的，人的一生不应该、也不必整日、时刻惦记着事业、职场、上位、成功之类，过犹不及，万般概如此。

埋　　怨

上午 8 点多,23 路公交车刚驶出站头,留下了刚刚急匆匆奔来而没有赶上车的一对老年夫妇,年纪在七十出头。当时,是男的先到,待老伴赶到时即一个劲地埋怨老先生:你为什么不上,拖住它一两分钟,我们就可以上车了……反反复复,声音有点尖尖、喧嚣的。

现在的公交车一般来说间隔时间颇长,大概都紧着地铁安排去了,我其实先于他们到车站,也没赶上车。听着老夫人的埋怨,看看她的衣着也不像经济窘迫的人,样子还挺慈祥的。人渐渐多起来,老夫人的抱怨没停,老先生也许是听不下去,走下街沿去叫出租车,老夫人的喉咙又响了:叫什么出租车,几站路而已,就怪你不抓紧,不动脑筋。老先生进退两难,悻悻回到上街沿,脸色不好看但仍闭口不言;没有开腔就没有争执,看来老夫人是把舵的,强势惯了。周围的人目光投向老夫人,她依然不管不顾,由着性子由着自己说,嘀嘀咕咕,没个消停。看着有趣也有点气恼,想帮腔为老先生说几句,但想想也属“狗撵耗子”。仔细看看时间,应在四分钟后到的车延宕了两分钟。车到时,老先生奋力挤上车,我随其后,只见老先生将占据的座位让后来上车的老夫人入座。

为这等小事,几分钟之差,如此咄咄逼人,怒气横生,实在不值。生活中不如意的事很多,无论年轻时、工作中,或退休后,家居、邻里、购物、炒股、买房等等,太多的事由;如若全是如此一不如意就埋怨责怪,恶声恶气,那日子怎么过? 有时候是碰撞式的即时情景;有时候明明事情已经过去,“过眼云烟”了,而一旦忆及或被某件事某句话触发,迅即翻老账,旧事重提,或嘀嘀咕咕,或怨声载道,语言之刻薄,口气之喧嚣,颜面之恶劣,简直让人心寒齿冷语噎,杀伤力太强,让人无法忍受。

生活中,你我周遭,经常会听到抱怨不公不顺、命运不济的话语,甚至有时自己也会情不自禁有这种想法或言语。然而,太多的如此心态或情绪,好像也不起什么作用,既改变不了现状,又提振不了精气神,相反会使自己的心情或处境变得更加糟糕。人与人之间的差距很大,即便是邻居、同学、朋友甚至家人,也会有穷达、贫富、贵贱、寿夭、臧否等区分;凡事有定数也没有定数,而且客观上存有变数,没有什么一成不变的道理、规律。主观可以努力,坚持干好每件事、自己的事,舒心开怀每一天,真正可信可靠可行的还是:天时地利,人和心安!

眼光向着实际

记得少时看过一本杂文集《眼光向着实际》，具体的篇目及作者都已忘记，只有书名还记得。这其实也是一个恒久的、须效行的现实课题。

家乡有句老话：世上三般苦，撑船打铁磨豆腐。实际生活中，虽然苦也只得、只能去做，谋生不易。然而凡人总想往高处走，故亟欲摆脱这种境地，想办法找其他出路，以致日思夜想，想入非非，"夜里想想千条路"，但这个"想"和"路"没有条件、途径去落实，只能是空想，于是"早上起来磨豆腐"。同类型的话也有"夜里思忖千条路，日里起来断火种"，那种情形则更糟。

"一只鸡蛋的家当"故事也是空想中演绎，梦想发财、发达；"想发财，穷得快"也是家中长辈经常挂在口头的一句话，这些都告诉我们要从实际出发，对有风险、风险甚大以及"花好稻好"、诱惑力极大的行当、说法千万要当心，千万不要动心，若一时听了进去，进而着迷，向着美好的目标，孤注一掷，就会竹篮打水一场空，全盘皆输。至于已经有了一定的物质基础，因为贪心和欲念，巧取豪夺，也往往事与愿违，刻薄成家，天地不容。这方面的例子很多很多。

从实际出发就是要从自己的、本身的、家庭的，或者企业的实际情况出发，可以有想法、有目标，欲如期完成，需要客观条件的配合，或者一时条件欠缺，那或等候或创造，一意孤行，也许可能勉强成事，但一时一事的成功，能担保或代表全部吗？侥幸之事不可多为，"上得山多终遇虎"，一旦入了虎口岂不全盘清空，连老本都去了。

所以想法不要太多，心思不要太活，欲望不能太盛，人需要实际一点。

心　态

内心强大是近来使用频率比较高的一个词,但用处有点"窄",有点像是在抵抗的最后防线才出现的武器。在明面上挡不住,但不失斗志:内心强大,于是不屑一顾,我与你无话可说,我没有也不会输给你,颇有"我辈岂是蓬蒿人"的意味。

这是一种心态,含有固执、不屑、清高、冷僻、我行我素的因素,对人对事秉持一种"你有你的张良计,我有我的准盘星"之类的应对策略。而这种对峙,又往往不会发生在组织系统内部,如单位、上下级及父母兄弟之间,而是在一种大家平等,包括关系平等,信息和平台差不多,没有太多高低优劣之分的情况下所发生,多见于过去的同学、曾经的同事、共同创业之后又分手成为朋友、对头以及由各种关系走、合在一起的"群"内的诸般人群之间。一言不合或看法不同,就冷言冷语或脸红脖子粗地对上了,"谁怕谁"。果真如此倒也好办,碰撞一下打上一仗,分出雌雄,或买账或低头,不打不相识,再成好朋友。但往往是分居上风下风,存有高下却又不认输;口气越来越大(凶)、语速越来越快,而且越劝越来劲。也有那种不同的场面,简单交锋后,冷然峙立,似凝神聚气,互不服气。

这样的遭遇战打多了也无味,几次下来,旁人不想听、不愿听,对阵的人恐怕也不会再碰面了。一个人的心态有时候真不好说,但无论怎样,需要调整、调适;另外,最好要有点本事、本钱,包括知识、财资等。

等　　待

活着,有些事要等;等待是生活的构成,也是人生的功课之一。如心急吃不了热豆腐,慢工出细活,水到渠成,刀过竹解,这些都是在眼前、于手中的事,但仍然还是需要等。

火候不到,时机不成熟,或事不凑巧、货不对板,也就需要等待。在等待中努力、在等待中迎来转机、改变,在等待中获取称心如意的结果。

也许人们惯常于忙、忙、忙,认为生活本来就应该碌碌于生计,在事业、职场、人际关系中悬浮;但专心专注于一事,不等于倾注全部,不休不止、没日没夜。揠苗助长,与其干枯而死,不如瓜熟蒂落,笑待硕果。

其实"等待"从字面上的理解,就是不行动,直到所期望的人或事出现。迫不及待,急不可耐,心急火燎,认为等就是无用功,等就是在浪费时间,既不科学,违反客观规律,也于实际、实事无补、无益。

在被迫接受等待的时候,更要气闲神定,让人和心安静下来,如在等机、转机的时候,你再急再怒也无用,心火炽烈发动不了飞机。你可以趁此机会发发呆、想想心事,看看书报;不是有手机吗,上上网,看信息,看小说,看视频,发微博,转微信,只要电池够用。包里不是带有水杯么,找口热水润润喉、唇也不错,如果能找个地方坐下来喝杯咖啡那再好也不过了。

学会等待,耐心等待,用好等待的那段时光。

远来的和尚好念经

有一个现象，在一个时段显得分明，想想自己也是在其中得益的。"文革"中大批学生毕业进了工厂企业，此又以 1968 年的"12·21"为限。那时工厂的主力、主体为尚年轻或正壮年者。刚离校的小青年不起眼，不被重用，他们中也没有太多的想法；那些在学校的"文革"中热闹过一阵子的人却被另眼看待。

那些因病退在家及延宕分配的人，看的想的多了，比较沉静沉闷，胸有小九九，即便进集体企业、街道生产组，也只是管好自己的一亩三分地，既不想要图别人的好处，也不想失去自己应得的一块，不吃亏不受气；格局不大，没有人脉，在单位里基本上出不了头、上不去。

少部分业余坚持看书学习，或为家长督促或因自己想充实的青年，在恢复高考后如愿以偿，离开了不怎么适宜的工厂企业、单位。毕业后更是奔赴诸多重要、吃香、与昔日相比有"天上地下"之别的机关、学校、科研单位。那些顶替回城的，从云南、黑龙江、上海市郊农村、农场归来的插兄插妹、农场农友一下子拥入各个工厂、企业。他们有对比，既吃过苦又不惜力，肯干低调，与那些仍在工厂、企业已经慢慢变得更加不起眼的（学生）职工一下子拉开距离，很快受到欢迎，被视为骨干，逐步受到起用、重用，藉此实实在在地打破了原先单位四平八稳的局面。

一时一风气，一时一讲究。需求调动一切，活力、年轻、文凭、知识，大环境的变化，落实在具体实在的个体身上；个人的努力跟上时代的要求和机遇，在社会的进步和发展中便会收到相得益彰的效果。机会难得，有时候还真要个人的运气。人挪活，在这个时段，在上述环境中，充分体现了生机、体现了价值，获取了物我相长的整体效应。而且不可否认的是这种发生在 20 世纪八九十年代、产生于大变革、"时势造英雄"阶段的事，在以后的日子却不太会重演重现，如此大幅度、广泛性的个人命运的转变、翻盘、变局也只能让后人追慕了。

其中有点"远来的和尚好念经"的意味，看来还是要做个有内涵的好和尚，不论去哪里。

莫欺少年穷

　　莫欺少年穷,这是老话,属于社会生活经验的总结、结晶。青涩、平凡,不入流、不入眼,对面走来,擦肩而过的芸芸众生中的一个雏儿,当然无需关顾,无甚紧要。然而青涩会成长,变青葱、青壮,甚至栋梁。读书、从军、就业、闯荡,以一技为生等等都是有效的出路。所以不能看不起甚至欺侮、凌辱处于贫贱、困顿之时的少年、青年;当然少困而后强,贫贱而后发的也不会是多数,然这也是人生经验,一种属于出自或基于底线性的告诫。

　　不但不能欺,而且还要帮。对一些确有缘分,也确实在努力的人要帮,寄希望于他们。北宋著名思想家张载青少年时喜兵法,他曾上书时任陕西经略安抚副使、主持西北防务的范仲淹,范仲淹接见了他,一番叙谈下来,范仲淹认为张可以另谋发展,"儒者自有名教可乐,何事于兵"。张载听从了劝告,遍读儒、释、道家之书,经过多年的攻读钻研,建立起自己的学说体系。以至后人评说此事:范仲淹"一生粹然无疵,而导横渠(即张载)以入圣人之室,尤为有功"。

　　人在旅途,只要不是无赖恶少,不属烂泥扶不上墙之类的,总会有变化;可以越变越差,跌入谷底,也有越变越好,益发强大的。时势造英雄或时来运转,"死灰复燃"、大难不死、置之死地而后生,也未尝不可。唐时的韦应物就是一例:其早年作为唐玄宗的侍卫,任侠使气,放浪形骸,恃宠横虐,行事无度,劣迹斑斑。但在安禄山事变后,他从过去的"司隶不敢捕"到"憔悴被人欺"。于是折节改观,发愤向上,虽"读书事已晚"仍"把笔学题诗",凭着毅力和聪慧,进士及第,先后任滁州、江州、苏州刺史,为官清正。其人生的两截宛如黑白,言行举止不可同日而语,为人作派相去之远若云泥两端。

　　在社会、时代激荡,变化巨大的时候,尤其不要看死少年儿郎,那种高高在上、"狗眼看人低"、以为老子就是比你强,看煞你一辈子的行为切切不可取。机会机遇机缘,时位迁移,变幻、翻盘是常有的事;过去如此,现在如此,以后也一样。新竹依仗老干，"雏凤清于老凤声"，历来如此。

老话有说：去时留人情，回来好相见。其实重要的是"留人情"，这个留人情是广义的。能帮则帮，于社会于他人于自己都是一场功德。

忌好为人师

现在好为人师的人或现象太多了，固然因为时代的关系，互联网、自媒体、价值多元、信息多渠道，使人增长才干、开阔眼界，也可以说具备了足够的知识、才能，可以去做老师、去为人师表了。或者人在势，花在时，得意和发迹可以使人感到有话要说，有东西可与人分享，尤其面对那些一时不灵光、不得志，遭受横逆厄运的人，持"恨铁不成钢"心态的居上位者矜己之长欲开导那些无甚作为、目光短浅者。

其实都不必。生活和挫折会教会人们，朋友间有益、合理的提点可以，但不必太多，更不需说教。关键是在别人实在过不去的时候给些实实在在的帮助、援手，当然你可以认为"良言一句三冬暖"，把自己当高人、上司，出主意、想办法、提要求，对别人的生活指手画脚，但这是不妥当的。更令人厌恶的是居高临下攻人之短，搞道德绑架，去教训别人。一个人可以有自己的看法、认识，但你并不能就此成为说教者、裁判、法官。大家都是平等的，行事处世会有不同之处，时段地位会有高下优劣，但要按照你的观点、做法去整齐划一，那就是强人所难。"无以之人之所不知，而教之于人"，其中的"教"不是平常意义的教育、教诲和教导，而是要予以防止的居高临下、恃强凌弱的说教。而有的时候好为人师者的肚量有限，"半瓶醋"而已，所谓的"心灵鸡汤"也不过尔尔，许多还是网上找来、胡编乱造或假托圣贤、大师的。

所以，还是孟子说得好，"人之患好为人师"。

大实话

　　记得看《林海雪原》，对其中的一句话"饿了糖充饥"印象很深。以糖充饥，很形象，说明肚子空空不能忍受。不过中国的饮食或生活规律为南甜北盐，因为糖要比盐来得贵，两地富庶程度不同，所以从历史上看北方相对用盐多、吃得咸一些。书中用此语别有所指，谓蝴蝶迷与许大马棒之间的关系，但这样的指谓及用意似可用"有情饮水饱"来反衬或铺垫。没有吃的了，图管饱肚子，目的为要。所以不管怎样，这是一句大白话。

　　武功再高，也怕菜刀。这就更形象、直白、实在，在信奉拳头、武艺、江湖或以此（武功）为高为大为上的时候，蓦然见此，不由发噱，笑意可从胸臆中流出。

　　路旁说话，草丛有人。这是我从《西游记》中看来的，它告诉人们，很多事欲法不传六耳，则须由自己当心留意，不要以为不会有意外、差池，不要以为事情非常之隐秘，即便处空旷无人烟、行迹罕见处，也不能掉以轻心。

　　古时某人请客，只有一个菜：豆腐；并说豆腐是他的性命。一次他人回请，桌上鱼肉俱备，也有豆腐，但某人只吃鱼肉，主人诘之，某人说："见了鱼肉性命也不要了。"这是个暴露个性及贪婪的"大白话"。

　　至于"赤脚的不怕穿鞋的，穿草鞋的不怕穿皮鞋的"式的大白话更不用解释了，大家都懂。

渔舟唱晚

小时候，眼界有限，很喜欢笔记本（一般是 32 开）中的插页：有国画、油画、照片，意境优美，如"渔舟唱晚"是经常"上榜"的，用了的、旧了的笔记本中的一些插页我都收藏着，只是现在难找，一时兴起又怕麻烦，就让它安静地待在家中的某个角落吧！

渔舟唱晚就我而言有较多的感想：家乡自有乌篷船，断文识字后知道了柳宗元的"独钓寒江雪"，张志和的"青箬笠，绿蓑衣，斜风细雨不须归"，李清照的"只恐双溪舴艋舟，载不动许多愁"之类的诗词句子，去农村后乘过、用过笨重的水泥船……其实诗人眼中、心目中的渔舟唱晚是称赞劳作后的恬淡、丰收后的喜悦，人生境地，具有充实感、愉悦感、美感；亦可以融入更多的情致、享受。

事有巧，也是缘。约五年前我随老友的一家去浙江台州一带海钓，坐船去了大陈岛、小陈岛。风浪很大（恐怕谈不上风急浪高），但船不大，往往自重决定稳定性，所以起起伏伏，有点难受，海水撞击船舷激起浪花，风迎面吹来有点凉，所以时不时躲进驾驶室。所谓海钓主要是拉网，拉上网其中的鱼蟹虾之类可以带走，费用与租船可合在一起计算。行船中一下子网住了重物，大家惊呼以为大丰收了，手忙脚乱，一哄而上使劲出力，网绳都有拉断，花了大力气把网拖上船时，才发现重物居然是一个报废了的发动机；估计是船用的。把报废了的发动机抛入海中，污染厉害了，既化解不了，又随海水浮游影响鱼类生长，实属不应该。

上岸时光已近黄昏，也属渔舟唱晚了，高高兴兴地把收获分装、打包，大量的是米鱼，些许黄鱼，较多的梭子蟹、海鳗、虾，除了当场餐馆加工食用外还带回上海，食用多日。食时则念及风浪之中的船行、拉网以及那个"发动机"，别样情味的"渔舟唱晚"！

黄金率

　　黄金切割(分割)数又称为黄金率,即将 1 分割成 0.618 与 0.382,这样的分割比率具有严格的比例性、艺术性、和谐性,所以被认为是最完美的。除了在绘画、摄影、设计中常被使用外,这个规则在我们的生活中也随处可见,作用于或影响着人们的工作、习惯,甚至有人将其应用于作息制度、时间方面。如我们现行的一周休息五天制,若根据黄金比例的计算法,一周最佳的工作时间是四天半;而相应的作息时间在联合国及部分国家已被接受、使用,在我国也有人提出要实现这种一周休息两天半的制度。

　　在日常生活中,我们也能切实感到黄金切割的作用,依了它,就悦目、就和谐。如在一张方格稿纸上写标题,设那稿纸有 20 行,每行 20 格(即 20 个字),若标题为 5 个字的话,你只能在左侧空上 7 格,在右侧空上 8 格,如此才觉得醒目、适宜、协调、舒服;若标题是 6 个字,两头空着相同的格子,那样的感觉就不顺当、不舒服。而且不管标题是几个字,在处理上总归要在稿纸的左侧少空若干,在右侧多空若干,居中平分两侧不行。

　　我们的先辈讲究对称,而生活中除了对称外,黄金切割也是一个不容忽视的规则。

处 闲

闲下来怎么办,干些什么? 这个闲可以是劳作后的闲暇,可以是因年龄关系退休后的日子,还可以是因特殊情况或天灾人祸,如新冠肺炎疫情而无奈地被迫慢下来、停下来,在某个地方禁足,宅着窝着,趴下。

介绍一下清人张潮(1650—1709 年)处闲的高见、高招:"人莫乐于闲,非无所事事之谓也。闲则能读书,闲则能游名胜,闲则能交益友,闲则能饮酒,闲则能著书。天下之乐,孰大于是。"看来,首先是心情:乐于闲;闲带来愉悦,可尽情享用。当然此之乐与躲病避疫时段有区别,不一样。其次是寻一些事做,赏心乐事。

按照张潮的思路和提点,可以拓展开去。可读书著作,而读书则宽泛:可读有字之书,可读无字之书,"无之而非书",山水亦书也,棋酒亦书也,花月亦书也,生活亦书也,人生亦书也。可微信微博,"煲"电话粥,朋友亲戚聊事聊天,攀交情、讲大道。可耽于电视电影,琴棋书画;可热衷网络云间,购物手游;可惬意饮酒吃茶,神游天下;可怡情莳草弄花,雀飞虫鸣……

把以往只能偶尔为之或碎片化从之的事,于集中、大块、痛快地去做,本身就是一件高兴的事;心态调整了,诸事可慰、当安。

养　　生

　　庄子是个大智慧的人。他关于养生的一段话生动、形象,令人开窍并难以忘怀。"善养生者,若牧羊然;视其后者而鞭之。"

　　"养生"最早出现于《庄子·内篇》。所谓生、养,分别指:生命、生存、生长;保养、调养、补养、护养。养生的实质是延长生命时限,提高生活质量,通过各种方法顺势适时,颐养生命,防治疾病,延年益寿。道家一贯强调的"顺天之时,随地之性,因人之心"也可以应用于养生。

　　现时的养生已经成为一门涉及多种学科的大学问,如医学、康复、心理、运动、营养、艺术;关系到:人的气血、器官、疾病、药物、心理、饮食、起居、兴趣及神、气、形、行等等。然而一切应因人因事因地因时而异、为宜。

　　养生还可以作用于治未病。《黄帝内经》有云:"上工治未病,不治已病"。人生大事莫若生死,因病而死,当是大头或重头。为取得主动、上乘之功效,采取相应措施,防止疾病的发生、发展,做到未病先治;既病防变;还要强调对疾病的早发现、早诊断、早治疗。于此,养生不失为一个好措施、好手段;同样,养生对于亚健康恢复的作用也不可小觑。

　　发现问题,找对症结,采取措施,积极应对,"举鞭""鞭之"!

有所思

2020年的春节非同一般,因新冠肺炎疫情,自1月26日至3月2日没出过门,仅有的一次是下楼去开大门。宅在家中,心忧疫情,祈盼早日战胜新冠肺炎疫情,借助文字,以抒心愿、表心迹。

1. 深闭门,静下心;不埋怨,不自弃;听招呼,信科学;事是事,安是安;为你我,顾大局。

2. 宅居家中,闭门不出;

　　神游天下,六合通衢;

　　前线奋战,后方同狙;

　　逐疴驱瘀,万众心曲。

3. 消弭时祸,风调雨顺(或风平浪静);国运昌盛,海晏河清。

集古人诗、词句,拟诗:

《闻"新冠"已伏并审》

A. 黑云压城城欲摧,甲光向阳金鳞开。

　　风掣红旗冻不翻,巨灵咆哮擘两山。

　　烈火张天照云海,驱雷役电震天威。

　　当斩胡头衣锦归,黄鹤楼前玉笛吹。

　　(说明:1、2句李贺;3句岑参;4、5、7句李白;6句张继先;8句林则徐。)

B. 雪里已知春信至,云中谁寄锦书来。

　　漫卷诗书喜欲狂,会须一饮三百杯。

　　(说明:1、2句李清照;3句杜甫;4句李白。)

C. 长烟落日孤城闭,柔肠一寸愁千缕。

　　黄鹤楼前月华白,喜子垂窗报捷书。

　　(说明:1句范仲淹;2、4句苏轼;3句李白。)

D. 烟空云散山依然,澄江一道月分明。

山川光辉为我妍,忽有人家笑语声。

（说明:1句苏轼;2、3句黄庭坚;4句秦观。）

谨祝一切安好。

记下这个时间:2020 年 2 月 7 日。

后　记

人生可以壮怀激烈，可以平凡冲淡。在能够做一些事情的时候，乐观平台，不争一息，谨记"为事逆之则败，顺之则成"（庄子）；"实其事，成其果"（老子）。在一时乖蹇、不得意之际，放弃苛责、怨恨，不去攀比、计较，以心安为福，心劳为祸。

成人成事与否，岂能尽如人意。知足之足，当谓常足。不可以年少而自恃，不可以年老而自弃。

"君子莫大乎于人为善"（孟子）。为善最乐，推己及人，当以善言善行、善意善心诚之，行之。

明王夫之（船山先生）晚年有"自处超然，与人蔼然，处事断然，无事澄然，得意淡然，失意泰然"（此亦有说出自明崔铣）之说，极富哲理；老子更有"为无为，事无事，味无味"之训，是可引为圭臬；虽然难以做到，但不妨记取。

图书在版编目(CIP)数据

向平凡致敬:忆瞬间况味/汪仲华著.—上海:
上海人民出版社,2022
ISBN 978-7-208-17614-0

Ⅰ.①向… Ⅱ.①汪… Ⅲ.①散文集-中国-当代
Ⅳ.①I267

中国版本图书馆 CIP 数据核字(2022)第 023664 号

责任编辑 刘华鱼
封面设计 一本好书

向平凡致敬:忆瞬间况味
汪仲华 著

出　　版　上海人民出版社
　　　　　(201101　上海市闵行区号景路 159 弄 C 座)
发　　行　上海人民出版社发行中心
印　　刷　上海商务联西印刷有限公司
开　　本　720×1000　1/16
印　　张　16.5
插　　页　2
字　　数　250,000
版　　次　2022 年 7 月第 1 版
印　　次　2022 年 7 月第 1 次印刷
ISBN 978-7-208-17614-0/I·2013
定　　价　72.00 元